KB122039

감사합니다
「推しに生きる
すべての人へ。
宇佐見りん

# 최애, 타오르다

# 최애, 타오르다

推し、燃ゆ

우사미 린 소설

이소담 옮김

창비
Media Changbi

*
차
례
*

최애가 불타버렸다.* 팬을 때렸다고 한다. 아직 자세한 사정은 아무것도 알려지지 않았다. 밝혀진 것이 없는데도 그 사건은 하룻밤 사이에 급속히 논란이 됐다. 잠이 오지 않던 밤이었다. 어떤 예감이었을까, 자연스럽게 눈이 떠져 시간을 확인하려고 휴대폰을 봤는데 SNS가 이상하게 떠들썩했다. 잠이 쏟아지는 눈이 마사키가 팬을 때렸대라는 글자를 포착했고, 그 순간 현실감을 잃었다. 허

---

* 사전적 의미 외에 온라인상에서 비난, 비판 등이 거세게 일어 논란의 대상이 되었다는 뜻.

벅지 안쪽이 자다 흘린 땀으로 축축했다. 인터넷 뉴스를 확인한 뒤에는 여름 이불이 흘러내린 침대 위에서 꼼짝 못 한 채로, 퍼지고 재생산되는 글을 바라보며 최애가 지금 어떨지만 걱정했다.

무사해?

메시지 알림이 휴대폰 대기 화면에 있는 최애의 눈가를 덮어 최애는 마치 범죄자처럼 보였다. 나루미였다. 다음 날, 전철 출입문 안으로 뛰어 들어온 나루미는 입을 열자마자 "무사해?"라고 물었다.

나루미는 현실 세계에서도 디지털 세계에서도 똑같이 말한다. 커다란 두 눈과 처진 눈썹으로 슬픈 감정을 다양하게 표현하는 나루미의 얼굴을 보고, 나는 비슷한 이모티콘을 떠올리면서 "안 될 것 같아"라고 대답했다.

"그래?"

"그래."

교복 와이셔츠 단추 두 개를 푼 나루미가 옆에 앉자 비누의 시원한 감귤 향이 났다. 빛이 너무 세서 잘 안 보이는 화면에 최애의 생일 0815를 입력하고 습관처럼 접속한

SNS에는 사람들 숨결이 가득했다.

"욕 많이 먹는 상황?"

으음, 나루미도 휴대폰을 꺼냈다. 투명한 실리콘 케이스 안으로 어둑어둑한 사진이 보여 "즉석 사진이네?" 하고 묻자, "최고지?"라며 이모티콘처럼 서글서글한 미소로 대답한다. 나루미는 아이콘을 바꾸듯이 그때그때 표정을 바꾸며 명쾌하게 말한다. 보기 좋게 꾸미거나 억지로 웃는 게 아니라 자신을 최대한 단순화하려는 것 같다.

"얼마나 찍었어?"

"열 장."

"으아, 앗, 그래도 만 엔."

"그렇게 생각하면 괜찮지."

"싸다, 진짜 싸."

나루미가 열을 올리는 남자 지하 아이돌*은 라이브 콘서트 후에 최애 멤버와 함께 즉석 사진을 찍는 서비스를

---

* 텔레비전 같은 주요 매체에 출연하지 않고 소규모 공연장에서 콘서트 위주로 활동하는 아이돌.

한다. 즉석 사진 몇 장에는 긴 머리를 정성스레 땋은 나루미와 최애가 뺨을 바짝 대고 있거나 최애가 뒤에서 나루미를 안으며 포즈를 취하고 있다. 나루미는 작년까지 유명한 아이돌 그룹을 쫓아다녔는데, 지금은 "만날 수 없는 지상보다는 만날 수 있는 지하가 최고야"라고 말한다. 아카리 너도 와, 푹 빠질걸? 날 기억해주고 무대 뒤에서 만날 수도 있고, 어쩌면 사귀게 될지도 모르잖아.

나는 아는 사이가 되고 싶지는 않다. 콘서트 같은 현장도 뛰지만, 굳이 말하자면 있는 듯 없는 듯한 팬으로 남고 싶다. 박수를 보내는 일부가 되고, 환성을 지르는 일부가 되고, 익명의 댓글을 남겨서 고맙다는 말을 듣고 싶다.

"안았을 때 귀에 걸린 머리카락을 넘겨줘서 뭐가 묻었나 했는데,"

나루미가 목소리를 낮췄다.

"좋은 향기가 난대."

대박. '박'을 길게 늘이며 힘을 줬다.

"그렇지? 이젠 절대로 못 돌아가."

나루미가 즉석 사진을 다시 넣었다. 작년까지 나루미

가 쫓아다녔던 아이돌은 유학을 가겠다면서 연예계를 은퇴했다. 나루미는 사흘간 학교를 쉬었다.

그건 그렇겠다고 대답했다. 전봇대 그림자가 우리 둘의 얼굴 위로 지나갔다. 너무 흥분해서 떠들었다 싶었는지 나루미는 구부렸던 무릎을 펴더니 복숭앗빛 무릎에 시선을 두고 갑자기 차분한 목소리로 중얼거렸다.

"그래도 아카리는 대단해. 가니까 대단해."

"지금 학교 가니까 대단하다고 한 거?"

"응."

"살아가니까 대단하다고 들렸어, 순간."

나루미는 가슴 안쪽에 뭐가 걸린 것처럼 웃더니 "그것도 대단하고"라고 말했다.

"최애는 목숨이랑 직결되니까."

태어나줘서 고맙다느니, 콘서트 티켓을 못 잡았으니까 죽어버리겠다느니, 눈이 마주쳤으니까 결혼하겠다느니, 호들갑을 떠는 사람들은 많다. 나루미도 나도 예외는 아니지만, 좋을 때만 결혼이니 뭐니 하는 것도 싫으니까. 아플 때도 건강할 때도 최애를 파겠다라고 썼다. 전철이 서자, 매

미 울음소리가 커졌다. 쓴 문장을 올렸다. 옆에서 '좋아요'
가 날아왔다.


　얼마 전 최애의 콘서트에 들고 갔던 가방을 그대로 들
고 왔다. 학교에서 쓸 만한 것이라고는 콘서트 감상을 적
는 노트와 펜 정도여서, 고전 교과서를 보여 달라고 하고
수학 교과서를 빌렸다. 수영복도 없어서 수영 수업 시간
에는 수영장 가에 서 있었다.
　물속에 들어가면 괜찮은데, 타일 위를 흐르는 물은 왠
지 미끈미끈한 것 같다. 때나 선크림이 아니라 좀 더 추상
적인, 살 같은 것이 물에 녹는다. 물은 수업 참관생의 발
치까지 밀려왔다. 나 말고 옆 반 애도 참관 중이었다. 그
애는 여름 교복 위에 긴 소매의 얇은 흰색 파카를 입고
있었는데, 수영장 가장자리 아슬아슬한 지점까지 다가가
서 킥판을 나눠 주었다. 물을 튕길 때마다 맨발이 순백색
을 강렬하게 내뿜는다.
　젖어서 거뭇거뭇해진 수영복 무리는 미끈미끈해 보였
다. 은색 난간이나 수영장 가의 까끌까끌한 노란 바닥을

손으로 짚고 올라오는 모습이 마치 수족관 쇼에서 무거운 몸을 미끄러뜨려 무대로 기어오르는 바다사자나 돌고래, 범고래 같다. 킥판을 겹쳐 들고 있는 나에게 고맙다고 말하며 차례차례 하나씩 들고 가는 애들의 뺨과 팔뚝에서 물방울이 떨어지면서 말라 있던 킥판의 색을 진하게 물들였다. 육체는 무겁다. 물을 차올리는 다리도, 달마다 막이 벗겨져 떨어지는 자궁도 무겁다. 선생님들 중에서 특히 젊은 교코 선생님은 두 팔을 다리처럼 번갈아 움직이는 시범을 보이며 허벅지부터 움직여야 한다고 가르쳤다. 가끔 발끝만 바둥거리는 학생도 있는데 그러면 괜히 지치기만 한다고.

보건 수업도 교코 선생님 담당이다. 난자든 해면체든 감정 없는 목소리로 말하는 선생님이라서 불편하진 않았다. 다만 원치 않아도 동물이기에 강제로 주어지는 그런 역할이 부담스러운 압박감을 주었다.

자고 일어나기만 해도 침대 시트에 주름이 잡히듯 살아만 있어도 주름처럼 여파가 밀려온다. 누군가와 대화하기 위해서 얼굴 살을 끌어올리고, 때가 나오니까 목욕을 하고, 길게 자라니까 손톱과 발톱을 깎는다. 최소한을 해내려고 힘을 짜내도 충분했던 적이 없었다. 언제나 최소한에 도달하기 전에 의지와 육체의 연결이 끊어진다.

보건실에서 병원 진단을 받아보라고 권했고, 두 개쯤 병명이 붙었다. 약을 먹으면 기분이 나빠져서 자꾸만 예약을 빼먹었더니 병원에 가는 것조차 두려워졌다. 육체의 무게에 붙은 이름은 나를 잠깐은 편하게 해줬지만 그에 더해 그 이름에 의지하고 매달리게도 했다. 최애를 응원할 때만 이 무게로부터 도망칠 수 있다.

인생에서 최초의 기억은 바로 아래에서 올려다본 초록색 사람 모양으로, 당시 열두 살이었던 최애는 피터 팬을 연기했다. 나는 네 살이었다. 와이어에 매달린 최애가 내 머리 위를 날아간 순간부터 인생이 시작됐다고 말해도 좋다.

그러나 그를 응원하기 시작한 건 그로부터 한참 뒤인데, 고등학교에 막 입학한 나는 5월에 있을 체육대회 예행연습을 빠지고 이불 속에서 손발만 비쭉 내밀고 있었다. 한동안 자르지 않은 발톱에 푸석푸석한 피로가 걸려 있었다. 밖에서 들리는 캐치볼 소리가 희미하게 귀를 때렸다. 소리가 들릴 때마다 의식이 1.5센티미터씩 허공으로 떠올랐다.

예행연습을 위해 이틀 전에 틀림없이 빨아둔 체육복이 없었다. 교복 와이셔츠만 입은 채 방을 어지럽히며 샅샅이 뒤진 것이 아침 6시였고, 못 찾고 도망치듯이 잠들었다가 눈을 뜨니 낮이었다. 현실은 변하지 않았다. 파헤친 방은 아르바이트하는 음식점의 주방 같아서 손을 댈 엄두가 안 났다.

침대 밑을 뒤져보니 먼지 앉은 초록색 DVD가 나왔다. 어려서 본 연극 「피터 팬」 DVD였다. 플레이어에 넣자 컬러로 된 타이틀 영상이 무사히 재생됐다. 흠집이 있는지 때때로 선이 생겼다.

제일 먼저 느낀 것은 통증이었다. 순간적으로 깊이 파고드는 예리한 통증, 그다음엔 밀쳐졌을 때 오는 충격과도 비슷한 통증. 창틀에 손을 올린 소년이 방 안으로 몰래 들어와 짧은 부츠를 신은 발끝을 달랑달랑 흔들었을 때, 그의 작고 뾰족한 부츠 끝이 내 심장을 파고들더니 무심하게 걸어찼다. 그 통증이라면 잘 알고 있다. 고등학교 1학년 때의 나에게 통증이란 이미 오랜 세월 동안 내 살 속에 익숙하게 웅크리고 있다가 이따금 생각났다는 듯이 저릿저릿할 뿐이었다. 그랬던 것이, 넘어지기만 해도 자연히 눈물이 나던 네 살 때처럼 아팠다. 하나의 통점으로부터 쫙 퍼지듯이 육체가 감각을 되찾았고, 조악한 영상에서 뿜어져 나오는 색과 빛으로 세상이 선명해졌다. 초록색의 자그마한 몸이 여자아이가 누운 침대로 팔랑팔랑 달려가 어깨를 가볍게 두드린다. 흔든다. 얘, 하는 사랑스럽고 맑은 목소리가 꿰뚫고 지나가자 피터 팬이구나, 하고 생각했다. 분명 그날 내 머리 위를 날아다닌 그 남자아이였다.

피터 팬은 시큰둥하고 건방져 보이는 눈을 반짝반짝 빛내며 매번 열의를 담아 호소하듯이 대사를 외쳤다. 어떤 대사든 똑같이 발음했다. 억양도 없고 동작도 과장됐지만, 숨을 들이마시고 오로지 목소리를 내는 데만 열중하는 그처럼 나도 똑같이 숨을 들이마시고 거칠게 내뱉었다. 그와 하나가 되고 싶어 하는 나를 깨달았다. 그가 마구 뛰자 운동 부족인 내 새하얀 허벅지가 안쪽에서부터 경련했다. 개가 그림자를 물어뜯었다고 우는 그를 보자 내게 전염된 슬픔까지 끌어안고 싶었다. 유연함을 되찾기 시작한 심장은 흐르는 피를 무겁게 밀어내어 굽이치며 뜨거운 기운이 돌게 했다. 밖으로 채 발산하지 못한 열기가 움켜쥔 손이나 오므린 허벅지에 고였다. 그가 무턱대고 가는 칼을 휘두르고, 궁지에 몰리고, 그의 옆구리에 상대방의 무기가 스칠 때마다 내 장기에 섬뜩하게 칼날이 닿는 기분이었다. 배 끄트머리에서 그가 후크 선장을 바다로 떠밀고 고개를 든 순간, 어린아이답지 않은 그 냉정한 시선에 흥분해 떨림이 등줄기를 타고 내달렸다. 우아아, 얼빠진 혼잣말이 나왔다. 미쳤다, 대박이다, 일부러 머릿속으로 말해봤다. 이 아이라면 틀림없이 선장의 왼손을 잘라 악어에게 먹였겠다는 생각이 들었다. 미쳤다, 대박이다, 집에 아무도 없으니까 큰 소리로 뱉었다. 들떠서 "네버랜드에 가고 싶다"라고 말했더니 나도 모르게 진심이 됐다.

피터 팬은 극 중에서 몇 번이나 어른이 되고 싶지 않다고 말한다. 모험을 나설 때도, 모험에서 돌아와 웬디와 친구들을 집으로 돌려보낼 때도 말한다. 내 안의 가장 깊은 곳에서 그 말을 듣는 기분이었고, 나는 무언가를 깨뜨린 것 같았다. 예전부터 무심히 귓전으로 듣던 단어의 나열이 새롭게 배치됐다. 어른이 되고 싶지 않아. 네버랜드에 가자. 코끝이 찡했다. 나를 위한 말 같았다. 공명한 목에서 가는 소리가 새어 나왔다. 눈시울이 뜨거워졌다. 소년의 발그스름한 입에서 나온 말이 내 목에서도 같은 말을 끄집어내려고 했다. 말 대신 눈물이 차올랐다. 무게를 짊어지고 어른이 되는 것을 괴롭다고 생각해도 된다고, 누군가가 힘주어 말해준 것 같았다. 같은 것을 떠안은 누군가의 그림자가 그의 작은 몸을 매개 삼아 아른거렸다. 나는 그와 연결되면서 그 너머에 있는 적지 않은 수의 사람들과 연결되었다.

피터 팬이 무대를 박차고 날아오르자 그의 양손에서 금가루가 떨어졌다. 무대를 직접 봤던 네 살 때 땅을 걷어차며 폴짝거렸던 감각이 되살아났다. 그곳은 할아버지 할머니 집의 주차장이었고, 여름이 되면 무성히 자란 삼

백초에서 코를 자극하는 독특한 냄새가 풍겼다. 매점에서 산 금색 '요정 가루'를 몸에 뿌리고 세 번, 네 번 뛰었다. 어린 시절에 어딜 가든 신어야 했던 소리 나는 신발은 착지할 때마다 공기가 빠지며 시끄럽게 울었다. 날 수 있다고 생각하지는 않았다. 그래도 소리와 소리 사이가 조금이라도 길어지다가 언젠가는 아무 소리도 들리지 않기를, 그때의 나는 내심 기다리고 또 기다렸다. 착지하기 전까지 그사이만큼 몸에 깃들었던 가벼움, 그 가벼움이 속옷 위에 와이셔츠만 입은 채로 텔레비전 앞에 있는 열여섯 살의 내게도 머물렀다.

우에노 마사키. 협박이라도 받은 것처럼 당장 손을 뻗어 움켜잡은 패키지에는 동그란 서체로 이름이 적혀 있었고, 검색해보니 텔레비전에서 몇 번쯤 본 적 있는 얼굴이 떴다. 아하, 이 사람이구나. 어린잎을 지나온 바람이 그즈음에 자꾸만 늦어지던 체내 시계의 나사를 조여 나를 움직였다. 체육복은 못 찾았지만 단단한 심지 하나가 몸속을 꿰뚫었으니 어떻게든 되겠지 생각했다.

우에노 마사키는 아이돌 그룹 '마자마좌'의 멤버로 활

동 중이라고 한다. 현재의 프로필 사진을 보니 열두 살이었던 남자아이는 젖살이 빠져 차분한 분위기를 지닌 청년이 되어 있었다. 콘서트를 봤다. 영화를 봤다. 텔레비전 방송을 봤다. 목소리도 체격도 달라졌지만 찰나의 순간에 보이는, 눈동자 깊숙한 곳에서부터 무언가를 노려보는 듯한 눈빛은 어린 시절과 달라지지 않았다. 그 눈을 보고서 나는 무언가를 노려본다는 행위를 생각했다. 내 안의 깊은 밑바닥에서부터 긍정적이지도 부정적이지도 않은 거대한 에너지가 솟구치는 것을 느끼며 살아 있다는 것을 떠올렸다.

낮 1시에 뜬 영상에서도 최애는 그 눈빛을 보였다. 수영 수업이 끝나고 어깨에 젖은 수건을 걸친 학생들에게서 염소 냄새가 났다. 점심시간이 되자 교실에서는 의자 끄는 소리와 복도를 달음박질하는 소리가 났다. 나는 앞에서 두 번째 자리에 앉아 귀에 이어폰을 꽂았다. 불완전한 침묵에 휩싸여 속에서부터 긴장했다.

영상은 최애가 소속사 사무실을 나오는 장면부터 시작

했다. 플래시 세례를 받는 최애는 초췌해 보였다.

"말씀 좀 해주세요."

마이크를 들이민다.

"네."

"팬인 여성을 때렸나요?"

"네."

"어쩌다가 그런 일이 생긴 거죠?"

그러자 대답인지 맞장구인지 판단이 안 설 정도로 담담하던 태도가 살짝 흔들렸다.

"당사자끼리 해결할 문제라고 생각합니다. 걱정을 끼치고 소란을 일으켜서 죄송합니다."

"상대방에게 사과는요?"

"했습니다."

"앞으로 활동은 어떻게 하실 예정입니까?"

"모르겠습니다. 소속사와 멤버들과 상의하는 중입니다."

차에 올라탄 최애의 등을 향해 "반성하고 계십니까?"라고 호통치듯 외치는 리포터의 목소리가 쏟아졌다. 돌아본 눈빛에 순간, 강렬한 감정이 보였다. 그러나 곧 "뭐"라고 대답했다.

까만 차체에 촬영 장비와 사람을 반사하며 차가 출발했다.


저 태도 뭐람?

반성하고 돌아와줘요! 마사키, 언제까지나 기다릴게.

지가 잘못해놓고서 저런 자리에서 불쾌한 티를 내는 게 참.

왜 저렇게 서툴지. 제대로 설명하면 될 텐데.

콘서트도 여러 번 갔지만 앞으로 절대 안 볼 거야. 피해 여성을 욕하는 머리 빈 광신도는 제정신인가?


팬일 것 같은 사람들의 댓글로 떠들썩한 채팅창 제일 위에 폭력남이라고 생각한다면 좋아요 누르기☞☞☞가 올라왔다.

끝까지 보고 다시 돌려본 후 노트에 대화를 받아 적었다. 최애는 '뭐' '일단' '아무튼' 같은 말은 별로라고 팬클럽 소식지에서 대답한 적이 있으니까 아까 대답은 의도한 거겠지. 라디오나 텔레비전 등에서 최애가 한 각종 발언을 듣고 받아 적은 것을 파일로 만들어 방에 쌓아두었는데 스무 권이 넘는다. CD와 DVD, 사진집은 보관용, 감상용, 대여용으로 늘 3개씩 산다. 방송은 녹화해서 몇 번이고 반복해서 본다. 그렇게 쌓인 말과 행동은 전부 최애라는 인물을 해석하기 위한 것이다. 해석한 내용을 블로그에 기록해 공개하다 보니 조회 수와 좋아요, 댓글이 늘었고, 아카리 님 블로그 팬이에요라며 업데이트를 기다리는 사람도 생겼다.

아이돌을 좋아하는 방식은 사람마다 달라서 최애의 모든 행동을 믿고 떠받드는 사람도 있고 옳고 그름을 구분 못 하면 팬이 아니라고 비판하는 사람도 있다. 최애를 연애 감정으로 좋아해서 작품에는 흥미 없는 사람, 그런 감정은 없지만 최애에게 댓글을 보내고 적극적으로 소통하려는 사람, 반대로 작품만 좋아하고 스캔들 따위엔 전혀 관심 없는 사람, 돈 쓰는 데 집중하는 사람, 팬끼리 소통하는 걸 즐기는 사람.

내 방식은 작품도 사람도 통째로 꾸준히 해석하는 것

이다. 최애가 보는 세계를 보고 싶었다.

그런 생각을 언제부터 했나 싶어 블로그를 살펴보니 작년, 처음 마자마좌의 콘서트에 다녀오고 한 달쯤 지난 무렵부터였다. 라디오 감상을 적은 글인데, 지역방송이라 받아 적은 내용 자체가 필요했는지 내 블로그 글 중에서 조회 수 상위 5위 안에 들었다.

안녕하세요, 어제 최애가 라디오에 나왔죠. 정말 좋았는데 가나가와 지역방송국이어서 못 들은 분들을 위해 인상적이었던 부분을 블로그에 기록해두려고 해요. 이하 '연예계 최초의 기억은?'이라는 질문에 최애가 한 대답을 적겠습니다. 빨간색이 디제이 이마무라 씨, 파란색이 최애입니다.

"그게요, 썩 좋은 건 아니에요."

"그러니까 또 궁금해지네요. 말씀해주시죠?"

"전 똑똑히 기억하고 있어요. 다섯 살 생일에 어머니가 오늘부터 텔레비전에 나갈 촬영을 할 거라고 했어요,

갑자기요. 푸른 하늘과 구름과 파스텔 톤 무지개가 있는 꿈속 같은 세트로 끌려갔는데, 어른들이 돌아다니는 곳은 어두웠고, 새까만 촬영 장비들 너머에서 물떼새 무늬 원피스를 입은 어머니가 이렇게…… 손을 가슴 앞에서 흔들었어요. 겨우 5미터 거리였지만 꼭 작별 인사 같아서 울 뻔했는데 곰 인형이 이렇게, 아세요?"

"아, 슈왓치* 말이죠. 라디오니까 몸은 그만 움직일래요?"

"그러네.(웃음) 아무튼 곰 인형이 그렇게 하면서 반짝이는 새까만 두 눈으로 나를 내려다보는 거예요. 나는 울고 싶었는데 웃었어요. 곰 인형 눈에 비친 내 웃는 얼굴은 그야말로 완벽해서, 그때부터 매번 그 곰 인형이 같은 동작으로 나를 웃겨줬어요. 그때 깨달았죠. 아, 만들어낸 웃음인 걸 아무도 모르는구나, 내가 무슨 생각을 하는지는 하나도 전달되지 않는구나."

---

* 일본 TV프로그램 「울트라맨」에서 울트라맨이 괴수를 쓰러뜨리고 날아갈 때 외치는 기합 소리 혹은 그렇게 외치면서 양팔을 하늘로 뻗었다가 내리며 날아가는 포즈.

"다섯 살에?"

"네, 다섯 살에."

"얄미운 다섯 살이네.(웃음)"

"아니, 가끔 있어요. 언제부터 좋아했다거나 몇 년 전부터 응원했다거나 근황 보고 같은 자기 이야기만 잔뜩 적은 편지를 보내는 팬이요. 기뻐요, 기쁘긴 한데 왠지 심리적인 거리가……."

"그야 팬이 어떻게 알겠어요. 항상 우에노 씨를 보고 있는 것도 아니니까……."

"그렇다고 곁에 있는 사람이 알아주는 것도 아니죠. 대화하다가도, 지금 이 녀석 내가 하는 말이 뭔 소리인지도 모르면서 고개를 끄덕이네 싶어요."

"앗, 설마 나도 그럽니까?"

"그게 아니라…… 아니, 모르겠네. 이마무라 씨는 적당히 칭찬하는 습관이 있잖아요."

"심한데? 나는 진심이라고요, 언제나.(웃음)"

"죄송, 죄송합니다.(웃음) 아니, 그러니까 가사를 쓰는지도 모르겠어요. 어쩌면 누구 한 사람쯤은 알아줄지도 모르니까, 뭔가 간파해줄지도 모르니까요. 안 그러면 못 버텨요, 무대에 서는 거요."

가슴이 막힌다는 게 이런 거구나 싶었어요. 전에도 블로그에 썼을 텐데, 제가 최애를 처음 본 것은 그가 열두 살 때였으니까 아역 시절 이야기에 특별히 흥미를 느끼는지도 모르겠어요. 최애에게는 사람을 매혹해놓고서 동시에 거부하는 면이 있죠. 최애가 '아무도 이해하지 못해'라며 밀어낸, 그가 느끼고 바라보는 세계를 저도 보고 싶어요. 몇 년이 걸릴지 모르고 어쩌면 평생 이해하지 못할 수도 있겠지만. 그에게는 그런 마음이 들게끔 하는 힘이 있어.

최애를 응원하기 시작한 지 일 년이 지났다. 최애가 지금까지 이십 년에 걸쳐 알려준 방대한 정보를 그 짧은 기간 동안 최대한 모은 결과, 팬 미팅 질문 코너의 답변을 거의 예측할 정도가 됐다. 맨눈으로는 얼굴이 전혀 안 보이는 거리라도 무대에 등장할 때의 분위기만으로 최애를 알아본다. 한번은 멤버인 미나 언니가 장난으로 최애의 계정에 글을 썼을 때도 왠지 평소랑 다르지 않아요? 마사키 같지 않아……라고 답글을 달았다가 미나 언니에게서 오, 정답. 비슷하게 흉내 낸 줄 알았는데!(웃음)라는 답글을 받았다. 그들에게서 반응을 받는 일은 극히 드물다. 지금 생각해보면 내가 마사키 군의 열혈 팬으로 유명해진 것도 이 일 때문인 것 같다.

가끔 최애는 예상도 못 한 표정을 보여준다. 그럴 때마다 사실은 저런 면이 있었나, 무슨 변화가 생겼나 하고 생각에 잠긴다. 뭐든 알게 되면 블로그에 적는다. 해석이 더 단단해진다.

이번 사건은 예외였다. 내가 아는 한 최애는 얌전한 사람은 아니다. 자기만의 성역이 있어서 누가 침범하면 화를 낸다. 그래도 이글거리는 감정을 눈동자 속에 붙들어 놓지 실제로 거칠게 행동하지는 않는다. 자기 자신을 잊지 않고, 잊지도 못한다. 타인과 일정한 거리를 유지한다고 공언하는 최애가 아무리 기분 나쁜 소리를 들었어도 팬을 때렸다고는 생각하기 어려웠다.

아직은 뭐라고 말할 수 없다. SNS에서 수없이 본 대다수 팬과 마찬가지다. 화를 내면 좋을지, 감싸면 좋을지, 혹은 감정적으로 구는 사람들을 보며 한탄하면 좋을지 모르겠다. 잘 모르겠지만, 그저 명치를 압박하는 감각만은 생생하다. 앞으로도 계속 최애를 응원하겠다는 것만은 정했다.

종소리에 동요한 의식이 먼저 차가워진 목덜미를 알아차렸고, 모르는 사이에 땀을 흘린 걸 깨달았다. 쉬는 시간이 끝나 자리에 앉으며 입을 모아 덥다고 투덜대는 교실의 그 누구누구보다 셔츠 안쪽에 열기가 고였겠다고 생각했는데, 열기를 내보낼 틈도 없이 교실 문이 열렸다. 매일 연갈색 정장에 줄무늬가 화려한 넥타이를 매는 지리 선생님 다다노가 와이셔츠와 바지 차림으로 "쿨비즈는 중요하니까, 자"라고 속사포처럼 말하고 프린트물을 나눠 주었다. 앞에 앉은 남자애가 머리 위로 휘적휘적 종이를 흔들어서 나는 한 장을 받고 뒤로 돌렸다. 수업이 머리에 들어오지 않는다. 다다노가 자주 쓰는 손 글씨 같은 폰트를 응시하다가 만약 이게 최애의 필체였다면 어떨지 생각했다. 팬클럽에 가입하면 새해 첫날과 크리스마스 전에 최애의 친필 메시지를 인쇄한 카드를 보내주는데, 그걸 오려서 이어 붙이면 이 손 글씨 비슷한 폰트처럼 우에노 마사키 폰트가 완성되지 않을까. 그러면 더 집중해서 공부할 수 있겠다. 머릿속이 온통 그 생각으로 꽉 차서 부족한 글자가 있다면 무엇일지, 만들려면 어떻게 해야 할지 구체적으로 생각했다. 다다노가 쓰다 멈추자 분필 끄트머리가 뭉개지면서 칠판에서 하얀 가루가 떨어졌다. 아, 그러고 보니 오늘이었지. 리포트 제출하는 날이니까 미리 걷어둘까. 자, 다들 가지고 왔겠죠? 매미가 귀에 들어가기라도 한 것처럼 시끄러웠다. 무거운 머릿속에서 매미가 슬어놓은 수많은 알이 일제히 부화하기라도 한 듯이 울어젖혔다. 분명 메모해뒀는데, 하고 머릿속의 내가 외쳤다. 적어뒀어도 그걸 보지도 않고 가지고 오는 걸 잊으면 의미가 없다. 그럼 걷겠다고 해서 다들 일어났는데 나는 일어날 수 없었다. 앞자리 남자애가 스르륵 일어나더니 교단 앞 다다노에게 가서 죄송합니다, 깜박했어요, 하고 말했다. 주위에 조금 웃음이 번진다. 나도 쫓아가서 죄송해요, 깜박했어요, 하고 말했다. 나는 웃음을 사지 못한다. '귀여운 바보 캐릭터'나 '숙제를 깜박하는 캐릭터' 가 되기에는 헤실거리는 느낌이 조금 부족하다.

집에 가려고 책상 서랍을 비우다 수학 교과서를 꺼냈다. 움찔했다. 유우가 5교시 수학이라고 해서 점심시간에 돌려주겠다고 하고 빌렸었다. 옆 반에 갔지만 이미 교실에 없어서 유우에게 메시지를 보냈다. 미안, 빌려줬는데 깜박하고 못 돌려줬어. 5교시 수학이랬는데 곤란했겠다. 정말 미안해. 문자를 입력하면서 볼 낯이 없다고 생각했다. 복도 모퉁이를 돌았는데 마침 지나가던 보건실 선생님이 말을 걸었다.

"아카리 양, 이번 진단서 제출해야지."

보건실 단골은 다들 성이 아니라 이름으로 불린다. 선생님은 구불거리는 머리카락을 언제나 뒤로 묶어서 말꼬리처럼 흰 가운 위로 늘어뜨린다. 여름에는 흰 가운이 너무 밝아 보여서 현기증이 났다. 노트를 뜯어 네 번 접은 뒤 펜으로 '수학 교과서, 진단서'라고 적었다. 조금 뒤에 '지리 리포트'를 추가했다. 나루미 접이식 우산, 수학여행

비, 손목시계. 복도 중앙에서 펜으로 꾹꾹 눌러쓰며 적는데 눈꺼풀에 가벼운 경련이 일었고, 옆구리에 끼고 있던 가방이 떨어졌다. 복도 창문에서 비치는 햇살이 한층 짙어지며 석양으로 바뀌었다. 볼살이 타는 듯했다.

*

여러분, 오랜만이에요. 그 사건 이후로 한동안 자리를 비웠는데 블로그를 다시 시작합니다. 참고로 이 글은 팔로해주신 분 한정 공개이니 어떤 방법으로도 퍼가지 말아주세요.

지난 사건은 우리 마사키 팬은 물론이고 '마자마좌' 팬 모두에게 충격적이었죠. 직접 겪으면서 처음 알았는데, 인터넷상의 논란은 정말이지 손을 댈 수가 없네요. 사방에서 들쑤시고, 진정됐나 싶으면 예전 발언이나 사진을 끄집어내서 또 새롭게 불씨를 던지고. 하필이면 서로 소울메이트라고 공언하는 아키히토와 불화설이 나오고, 고등학생 시절에 고향 히메지에서 학교 폭력을 저질렸다는 말까지 나오다니요. 최애의 고등학교는 도쿄에 있고 통신제\*였고 거의 다니지도 않았는데 그런 소문까지 나니까 기가 막히고 오히려 감탄했어요.

모 게시판에서 '타는 쓰레기'라고 불린다는 걸 아는 분도 많겠죠. 최애는 예전에 방송에서 비판도 필요한 양식이라며 자기 이름을 검색한다고 말한 적이 있어요. 저런 단어를 최애가 본다고 상상하면 가슴이 미어지는데, 말 그대로 할 수 있는 거라고는 그저 지켜보는 것밖에요.

적어도 공연장에서는 최애의 컬러인 파란색 야광봉을 반짝이고 싶어요. 타이밍이 이래서 어려울지도 모르겠지만요. 다음 인기투표에서도 슬프게 하기 싫어요. 마사키가 최애인 여러분, 우리 같이 노력해요.


차멀미를 했다. 이마 안쪽, 양쪽 눈 속에서부터 느껴지는 구역질은 뿌리가 깊어서 도려내지 못할 것 같다. "창

---

\* 일본 고등학교의 교육 방식 중 하나. 직접 등교하는 대신 학생이 인터넷 통신 교육으로 수업을 듣고 시험을 치른다.

문 열어도 돼?" 하고 물었는데 엄마가 단호하게 "안 돼" 라고 대답한 뒤에야 창문 표면에 흐르는 빗줄기를 깨달 았다.

"뭐 썼어?"

옆에서 나처럼 차와 함께 흔들리던 언니가 나른하게 물 었다.

"블로그."

"최애 얘기?"

긍정의 뜻으로 콧소리를 냈다. 빈 위장이 오그라든다.

"봐도 되는 거?"

"한정 공개야, 팔로어."

"흐음."

언니는 내 덕질에 가끔 참견한다. 왜 좋아하는 거냐며 신기해한다. 너 말간 얼굴을 좋아했니? 이목구비는 아키 히토가 더 뚜렷하고, 노래도 세나가 더 잘하잖아.

바보 같은 질문이다. 이유가 있을 리 없다. 존재 자체를 좋아하면 얼굴, 춤, 노래, 말투, 성격, 몸놀림, 최애와 연관 된 모든 것이 좋아진다. '중이 미우면 승복도 밉다'라는 말의 반대다. 중을 좋아하면 중이 입은 승복의 터진 실밥까지 사랑스럽다. 그런 거다.

"돈 언제 갚을 거야?"

언니가 별로 중요하지 않다는 뉘앙스로 말해서 "아, 미안" 하고 비슷한 느낌으로 대꾸했다. 전에 온라인으로 산 굿즈가 착불로 왔을 때 마침 집에 있던 언니가 대신 돈을 내줬다. 월급날 되면 갚을게, 조금 있으면 인기투표니까 그때까지만 기다려줘, 하고 말하자 또 "흐음" 하고 대꾸했다.

"인기, 얼마나 달라지려나."

글쎄, 내가 대답했다.

"라이트 팬층의 비율에 달렸겠지?"

"옮겨 갈 것 같아?"

"「스테러브」 이후 팬은 많이 떨어져 나갈 거야."

로맨스 영화 「스테인리스 러브」 출연으로 최애의 팬이 급격히 늘었다. 주연은 아니고 여주인공의 후배 역이었는데, 일편단심이면서 어수룩한 캐릭터를 연기한 덕분에 인기를 얻은 만큼 이번 사건은 특히 치명적이다.

35

엄마가 갑자기 핸들 중심을 여러 번 세차게 누르며 클랙슨을 짧게 울렸다.

"위험하잖아."

엄마가 착 가라앉은 목소리로 맞은편 차에는 들리지 않을 불평을 한다.

엄마가 자기한테 한 말인 양 언니가 숨죽였다. 언니는 시시한 잡담만 늘어놓으면서 항상 엄마의 기색을 살핀다. 늘 그랬다. 기분 나쁜 일이 생기면 엄마는 입을 다물고, 다무는 만큼 언니가 말한다.

꽤 오래전, 해외로 발령 난 아빠를 따라 가족이 모두 떠나려고 했는데 할머니가 반대했다고 들었다. 할머니는 영감을 먼저 떠나보낸 나를 딸이 혼자 두려고 하다니 불효다, 하고 애원하며 엄마와 손녀들을 붙들었다고 한다. 엄마는 할머니를 원망하는 말만 한다.

언니가 병원 매점 봉지를 대충 뒤적이더니 차를 꺼내 뚜껑을 달칵 돌려 열었다. 한 모금 마시고 성분 표시를 보고 다시 입을 댄다. 입에 머금은 채 미간을 찌푸리며 내게 마시겠느냐는 시늉을 하더니, 목구멍으로 소리를 내며 삼킨 뒤 "마실래?"라고 물었다.

"아, 응."

나는 대답하며 건네받았다. 차가 흔들리는데 마시려다 이에 병 주둥이가 부딪히면서 아랫입술로 흘러넘칠 뻔했다. 빈 위장을 달래듯이 액체가 흘러내려간다. 할머니는 위루관 시술을 받은 지 이 년이 지났는데, 음식물을 삼키지 못하는 사람의 위에 직접 구멍을 뚫어 튜브로 영양분을 흘려 넣는다는 말은 듣는 것만으로는 실감이 나지 않았다. 병실에서는 음식을 먹지 못하므로 점심때 문병하러 가면 식사 타이밍을 놓친다.

차멀미에 시달리며 액정을 들여다보기 힘들어서 이어폰을 꽂고 앨범을 재생했다. 논란이 생기기 전에 했던 지난 번 인기투표에서 1위를 거머쥔 최애의 솔로곡 「운디네의 거짓말」은 최애가 작사를 맡았다. 인상적인 기타 연주로 시작한 뒤 한 호흡 쉬고 "수평선에"라는 애절한 목소리가 실린다. 어깨를 감싸는 듯한 따뜻한 체온이 느껴진다. 전자음이 많은 요즘 노래와 달리 단순하면서 애수가 있다.

"수평선에 덧니가 파고들며."

이 곡이 처음 공개됐을 때, 최애에게 연애 감정을 품은 일부 팬은 덧니 있는 여성을 찾느라 인터넷을 달궜다.

눈을 떴다. 하늘과 바다의 경계가 비로 인해 회색빛으로 자욱했다. 어두운 구름은 해변 가까이 서 있는 집들을 감추었다. 최애의 세계에 닿으면 보이는 세상도 달라진다. 나는 창문에 비친 어둡고 따뜻해 보이는 나의 입 속 건조한 혀를 보며 소리 없이 가사를 흥얼거렸다. 이러면 귀에서 흐르는 최애의 목소리가 내 입술에서 흘러나오는 기분이 든다. 내 목소리에 최애의 목소리가 겹치고, 내 눈에 최애의 눈이 겹친다.

엄마가 핸들을 꺾었다. 와이퍼 범위에서 벗어난 비가 창문을 타고 흐르며 토도독토도독 규칙적인 소리와 함께 닦아낸 창문을 다시 흐리게 한다. 나란히 선 나무는 윤곽을 잃고 지나치게 선명한 초록빛만 시야에 남는다.

괴롭던 차멀미는 집에 도착할 무렵 다 가셨다.
"뭐 왔네, 야마시타 아카리 님 앞으로."

방에서 언니가 건네준 열 장쯤 되는 CD를 정성스레 뜯어 그 안에서 투표권을 꺼냈다. 2,000엔짜리 신곡 CD를 한 장 사면 투표권이 한 장 딸려 오는데, 이것까지 총 열다섯 장을 샀다. 결과에 따라 다음 앨범의 노래 파트 분배나 서는 위치가 정해지고, 다섯 명 중 가장 인기가 많은 사람은 긴 솔로곡도 받는다. 열 장 살 때마다 좋아하는 멤버와 악수를 할 수 있으니까 행복한 시스템이다. 응모권에 기재된 시리얼 코드를 인식하면 사이토 아키히토, 우에노 마사키, 다치바나 미후유, 오카노 미나, 세노 도루가 화면에 뜬다. 파란색으로 적힌 우에노 마사키를 선택한다. 응모권을 모두 입력하고 블로그에 들어갔는데 조회수가 평소보다 늘지 않았다. 잠시 의아했는데 생각해보니 한정 공개였다. 댓글 대부분이 잘 지냈어요? 기다렸어요 하는 걱정으로 시작해서, 논란 이후 SNS에 글을 올리는 빈도가 확실히 줄었구나 싶었다. 다카 님, 허무승 양, 아키히토 군의 오리 양(보통은 오리 양), 눈볼대 사탕 님 등 한 명 한 명에게 댓글을 달고, 언제나 그러듯이 나와 같이 마사키 군이 최애이자 가장 긴 댓글을 남긴 애벌레 양에게 마지막으로 댓글을 달았다. 그는 그날그날 '배고픈 애벌레' '애벌레 탄신제' '애벌레@상심 중' 등으로 계정 이름을 바꾸는데, 지금은 고구마와 그리마가 같이 있는 이모티콘이다.

아카링~! 기다렸어어어어, 요즘 글이 안 올라오니까 쓸쓸해서 메말라 죽어가고 있었어. 업데이트가 너무 없으니까 옛날 글을 읽었거든. 조회 수 무지무지 올라갔으면 범인은 나야, 미안.^^ 포스트 완전 대공감! 걱정되고 불안하지만 괜히 소문에 끌려다니긴 싫지~~~. 아카링이 그렇게 말해줘서 안심했어. 아카링은 진짜 문장이 어른스러워서 상냥하고 똑똑한 언니 같다니까. 앞으로도 글 기대할게! 마사키, 요즘 인기가 떨어질 것 같긴 해도 이럴 때야말로 팬의 저력을 보여줘야지, 진짜 힘내자!

ㄴ 애벌레 양 댓글 고마워~. 기다리게 해서 미안해, 그래도 기쁘다.^^ 아니, 전혀 어른스럽지 않은걸……. 맞아, 상황이 복잡하지만 힘내자!

애벌레 양이 쓰는 글에서는 애교와 의욕이 묻어난다.

나이도 학교도 사는 지역도 모두 다르지만, 그는 물론이고 최애와 마자마좌 팬이라는 이유 하나만으로 다들 이어졌다. 아침에 일어나면 인사를 나누고, 월요일 아침에는 불평불만을 늘어놓으며 통근이나 통학을 하고, 금요일에 '최애를 예뻐하는 모임'이라는 구실로 마음에 드는 자기 최애 사진을 마구 올리며 이것도 귀엽고 저것도 귀여워서 미치겠다고 재잘대며 같이 밤을 새우다 보니 화면 너머로 생활을 공유하는 가까운 존재가 됐다. 여기에서는 내가 차분하고 야무진 사람이라는 이미지로 통하듯이 어쩌면 다른 사람들도 실제 자신과는 조금씩 다를지도 모른다. 그래도 반쯤 픽션인 나로 참여하는 세계는 따스했다. 모두 최애를 향해 사랑을 외치는 것이 일상생활에 뿌리를 내렸다.

목욕하기 귀찮아~~.

기운 내야지, 최애가 기다리니까.

으악, 대박, 최고다, 하고 올래.

반 친구들이랑 노래방 갔는데 벌써 최애 솔로곡이 나와 있었어.

재밌다, 어땠어?

내가 어중간하게 소심한 캐릭터라 침묵이.

용자다.

울지 마라.


최애는 언젠가 은퇴하거나 그룹을 졸업하거나 혹은 체포돼서 갑자기 사라질 수도 있다. 록 밴드 멤버는 갑자기 죽거나 실종되는 일도 있다고 한다. 최애와의 이별을 상상할 때면 나는 여기 있는 사람들과의 이별도 함께 떠올린다. 최애를 통해 이어졌으니까 최애가 사라지면 뿔뿔이 흩어질 수밖에 없다. 나루미처럼 도중에 다른 쪽으로 갈아타는 사람도 있지만 나는 최애가 사라지면 다른 최애는 새로 찾지 못할 것 같다. 앞으로 평생 영원히, 내 최애는 우에노 마사키뿐이다. 그만이 나를 움직이고, 나를 불러주고, 나를 받아준다.


신곡이 나오면 일명 '제단'이라고 부르는 선반에 CD를 장식한다. 벗어 던진 옷과 언제부터 있었는지 모를 내용

물이 들어 있는 페트병, 펼친 채 엎어놓은 교과서나 그 사이에 끼워진 프린트 따위로 방은 어지럽지만, 청백색 커튼과 밝은 남색 유리 램프 덕분에 들이치는 빛과 바람은 항상 파란빛이다. 아이돌에게는 보통 멤버 컬러가 있어 공연장에서 응원할 때 쓰는 야광봉이나 각 멤버의 굿즈를 그 색으로 만든다. 최애가 파란색이니까 나는 내 주변을 완벽하게 파란색으로 물들였다. 파란 공간에 잠기면 안심할 수 있다.

이 방의 중심은 들어오자마자 알 수 있다. 교회의 십자가나 절의 본존을 모신 곳처럼 선반 가장 높은 단에 최애의 사인이 있는 커다란 사진을 장식하고, 그곳에서부터 퍼지듯이 새파란 색, 남색, 물빛, 진청색 등 조금씩 색감이 다른 액자에 포스터와 사진을 넣어 벽을 가득 채웠다. 선반에는 DVD와 CD, 잡지, 팸플릿이 연대별로 더 오래된 것부터 지층처럼 겹겹이 쌓여 빽빽하게 꽂혀 있다. 신곡이 나오면 선반 제일 상단에 장식해두었던 CD는 최신곡과 자리를 바꿔 하나 낮은 단으로 내려간다.

다들 어렵지 않게 해내는 평범한 생활도 내게는 쉽지

않아서, 그 여파 때문에 구깃구깃 구겨져 괴롭다. 그래도 최애를 응원하는 것이 내 생활의 중심이자 절대적인 것이라는 점만은 세상 그 무엇보다 명확했다. 중심이 아니라 척추랄까.

공부나 동아리나 아르바이트를 하고, 일해서 번 돈으로 친구와 영화를 보거나 밥을 먹거나 옷을 사거나, 대부분은 그렇게 인생을 꾸미고 살찌움으로써 더욱 풍족해질 것이다. 나는 역행하고 있다. 무슨 고행이라도 하듯이 나 자신이 척추에 집약된다. 무의미한 것을 깎아내고 척추만 남는다.


아카리,

전에도 말했지만 여름방학 근무 신청표 제출해줘.


사치요 씨에게 메시지가 와서 누워 뒹굴며 스케줄 앱을 열었다. 일정은 최애를 우선으로 정한다. 인기투표 결과 발표일은 일찍 퇴근하기로 하고, 투표 후 악수회 날은 당연히 피한다. 악수회 후에는 여운에 젖고 싶으니까 하루 비워두기. 그래도 CD는 사고 싶고 3월에는 콘서트도 있다. 갈 때마다 예상 밖의 지출이 있으니까 아르바이트는 한계까지 최대한으로 채우고 싶다. 작년에 최애가 연극 무대에 섰을 때도, 보고 나올 때마다 이 역할과는 이제 못 만나니까 너무 쓸쓸하고 또 보고 싶어지기를 반복하다가 정신을 차려 보니 몇 번이나 티켓 추가 구매 창구에 서 있었다. 연극 팸플릿은 인터뷰가 실렸으니까 필수고, 원작 책은 예습을 위해 샀지만(그래도 선입견 없이 보고 싶어 첫 공연이 끝난 후에 읽었다) 연극 이미지 표지 버전도 갖고 싶었다. 굿즈를 잔뜩 샀으니까 사진은 마음에 드는 것만 사려고 했는데, 전시판에 붙은 샘플 사진을 보고 마음이 변했다. 서생 차림과 유카타* 차림인 최애가 각각 두 장씩, 피를 토하는 모습이 담긴 사진이 한 장 있었는데, 일단 보고 나니 무엇 하나 남겨두고 갈 수 없었다. 설령 같은 장면이 같은 구도로 DVD에 실렸더라도 잘라낸 순간의 강렬한 인상은 사진이 아니고선 남기

---

* 일본 전통 의상인 기모노의 일종. 목욕 후나 여름에 간편하게 입는다.

지 못한다. 지금 놓치면 다시는 손에 넣지 못할 거다. 이거 전부요, 하고 말하자 내 옆에 서 있던 여자도 전부 달라고 했다. 최애가 눈앞에서 움직이는 상황은 공연이 끝날 때마다 잃지만 최애가 내뿜는 것이라면 호흡도, 시선도 남김없이 받아 간직하고 싶다. 좌석에서 혼자 벅차올랐던 감각을 남기고 기억하기 위해 사진이나 영상, 굿즈를 사고 싶다. 인터뷰에서 "아이돌이 연극을 한다고 비판받을 수도 있고 실제로 발표 당시 인터넷에 그런 의견이 가득했어요"라고 했는데, 자신을 보여주는 방법을 잘 아는 아이돌인 만큼 존재감은 전업 배우 못지않았다. 무엇보다 고집이 세고 결벽증 같은 태도에 발목 잡혀 스스로 진창에 빠지는 역할이 최애 본인과 많이 닮았다. 원래 연극 팬들의 평도 괜찮았다고 한다.

콘서트 때는 돈이 아무리 많아도 부족할 테니, 결국 거의 매일 근무를 희망한다고 적어 보냈다. 학교에 안 가니까 지금보다 더 집중할 수 있겠지. 오로지 최애를 응원하는 여름방학을 시작한다고 생각하니까 그 단순소박함이 분명 내 행복인 것 같았다.

*

최애의 목소리를 듣고 잠에서 깨 평소와 같은 순서로 인터넷을 둘러봤다. 블로그에 들어가자 과거 글에 달린 댓글과 좋아요 등의 알림이 떠서 누르고 접속했다.

여러분, 어떻게 지내세요? 저는 말이죠, 마침내 사고 말았어요. 다들 알다시피 '음성 수록☆두근두근 알람 시계'요. 낯부끄러운 이름도 그렇고, 시계 앞판에는 최애의 어색한 미소를 인쇄한 데다가 분침과 시침 끝에 액세서리를 단 디자인도 그렇고, 참 말이 안 나오죠. 차라리 조금 차분하게 로고 넣은 볼펜이나 파우치라면 좋았을 텐데, 촌스럽고 비싸고 부끄러운 삼박자를 갖춘 완벽한 굿즈라고 굉장히 비판을 받았는데 결국 여러분 다 구매하셔서 웃었어요. 투덜대면서도 8,800엔이나 하는 비싼 알람 시계를 사다니 진짜 재밌죠. 호구라니까요. 그래도 사게 되죠.

발매 당시부터 최악의 평판이었지만 생각보다 좋더라

47

고요. 누가 뭐래도 아침에 최애가 귀에 대고 "좋은 아침"이라고 말해주니까요. 잠에서 깨자마자 처음 듣는 게 마사키의 목소리예요. 따라라라라라, 좋은 아침이야, 일어나야지, 따라라라라라, 좋은 아침이야, 일어나야지. 몽롱했던 의식이 단숨에 깨어나 물빛 알람 시계를 누르면 "잘했어, 오늘 하루도 힘내"라고 응원해주니까, 열심히 힘낼 수밖에 없잖아요? 솔직히 대사는 달달해서 낯간지럽지만, 그 고지식한 마사키가 어떤 표정으로 녹음했을지 상상하면 재미있고 귀엽고 사랑스러워요. 그것만으로도 오늘 하루가 아무리 추워도 호흡이 가뿐해져요. 몸에서 나른함이 녹아내리고 중심부터 뜨끈뜨끈해져서 아아, 오늘 나는 어떻게든 살아갈 수 있겠다고 생각하게 돼요. 매일 아침 생명의 등불을 최애가 나눠 주는 거예요. 뭐 이러니저러니 해도 공식적으로 착취당하며 즐겁게 사는 요즘입니다.

논란 전에 쓴 알람 시계 리뷰가 어찌나 속 편한지 내가 아닌 다른 사람 같아서 조금 부끄러웠다. 허무승 양이 벌써 일어나서, 아니 밤을 꼬박 새우고는 인스타그램 스토리에 오늘도 지구는 둥글고 일은 끝이 없고 최애는 고귀해라며 에너지 드링크와 오징어채와 치즈 대구포와 함께 그의 최애인 세나가 나온 텔레비전을 보고 있는 사진을 올렸다. 그의 인스타그램은 늘 이런 분위기인데, 셀카를 보면 손톱 끝까지 꼼꼼히 관리하고 세련되어 보이는 짧은 머리에 패션에 둔한 나도 들어본 적 있는 고급 명품으로 몸을 감싸고 있다. 공식 사이트에 'BAKUON 콘서트 속행 공지'라는 알림이 새로 떴는데, 지난 소동을 언급하면서도 예정대로 우에노 마사키도 출연한다고 했다. SNS는 역시나 비난의 목소리로 떠들썩했으나 논란 이후 처음으로 최애와 만나는 날이 취소되지 않아 다행이었다. 힘이 솟아 바닥에 널린 것들을 밟으며 세수하러 갔다. 발바닥에 청바지 지퍼와 만화책 띠지, 감자 칩 봉지의 까끌까끌한 은색 부분 같은 것이 닿는 감촉이 무릎 근처까지 올라온다. 화장수인지 무언가를 묻힌 손으로 얼굴을 누르고 있던 언니가 칫솔로 향해 뻗는 내 팔을 피하며 "학교에서 호출했다며?"라고 말을 걸었다.

"왜 그렇게 될 때까지 말을 안 해?"

언니가 찰싹찰싹 때리던 얼굴을 왼손으로 꾹 누르며 오른손으로 크림 뚜껑을 열었다.

대답하는 대신 칫솔을 입에 넣었다. 세수한 민얼굴에 머리카락을 단단히 묶으면 눈꼬리가 따라 올라가면서 기분 탓이겠지만 얼굴이 밝아 보인다. 옷걸이에서 억지로 잡아채는 바람에 깃 모양이 무너진 남색 폴로셔츠를 입었다. 물빛 레이스 손수건과 남색 테 안경을 가방에 넣고, 마지막으로 텔레비전에서 하는 별자리 운세를 봤다. 최애는 사자자리여서 4위, 행운의 아이템은 볼펜이네. 펜보다 더 무거운 최애의 고무 스트랩이 달린 볼펜을 가방 주머니에 쑤셔 넣고, 내 별자리 운세는 보지도 않고 출발했다. 흥미 없다.

아르바이트하는 음식점은 역에서 세 방향으로 뻗은 골목 중 가장 좁은 오른쪽 길가에 있는데, 바로 뒤의 파친코 가게나 신축 맨션 공사장에서 일하는 남자들이 자주 바짓단에 진흙을 잔뜩 묻힌 채 단체로 점심을 먹으러 온다. 하루를 마치면 밤에 또 술을 마시러 온다. 간신히 얼굴을 익힌 단골손님도 많은데, 밤에는 처음 오는 직장인들의 회식도 많아 들어올 때와 나갈 때의 얼굴도 발걸음도 전혀 다를 때가 종종 있다. 가게 이름은 '정식 나캇코'인데, 밤까지 운영하며 술도 파니까 선술집일지도 모른다. 아르바이트 모집 공고를 보고 찾아간 나를 보고 사치요 씨는 "고등학생은 웬만하면 잘 안 쓰는데"라고 말했다. 일을 시작하고 얼마 지나지 않아 대학교 4학년인 고씨가 "사치요 씨가 못 그만두게 했어. 네가 와서 다행이야"라는 말을 남기고 그만둬서 일손이 얼마나 부족한지 알았다.

영업시간이 되기 전에 맑은 물에 탄산을 섞고 위스키를 보충하고, 매일 꼭 필요한 양만큼 돼지고기를 해동시키고, 지난밤에 세워둔 식기를 원래대로 돌리고 칼을 갈아두는 것부터 시작해 여기저기 할 일이 나뉘어 있으니까 충실히 움직여야 하는데, 모든 일이 손에 밸 때까지 사치요 씨에게 얼마나 혼났는지 모른다. 일은 수없이 가지를 쳐서 이럴 때는 이렇게, 이렇게 되면 이렇게, 하고 외웠는데도 메모를 볼 틈도 없이 바쁠 때면 꼭 기다렸다는 듯이 예외가 생겨버려 머릿속에 정리한 것들이 와르르 쏟아진다.

맞은편 라면 가게의 진한 돼지 육수 냄새가 밤바람과 함께 들어와서 점장님과 내가 "어서 옵쇼!" 하고 외쳤다. 점장님은 선이 가늘고 말투가 부드러운 사람인데 '어서 옵쇼'와 '감사합니다'는 누구보다도 힘찬 목소리로 외친다. 굵은 손가락으로 문을 열고 들어온 가쓰 씨는 사치요 씨가 외부 창고에 나간 걸 알고서 내게 술을 조금 더 넣어달라고 말했다. 얼굴이 네모난 가쓰 씨와 턱도 눈도 가느다란 히가시 씨, 그리고 이 탱크톱 입은 사람은 누구더라, 젊고 생글생글 웃지만 냉정해 보이는 흰자가 유난히 눈에 띈다. 아는 얼굴인 세 사람에게 물수건과 풋콩을 내고 젓가락과 재떨이를 두고 주문표를 꺼내려는데 하이볼 진하게, 엥, 진하게 하면 더 비싸네, 조금만 진하게 해줄 수 없느냐고 물어서 내 몸에 기록된 일의 흐름이 끊어진다.

"그만해."

목에 두른 수건을 벗으며 말하는 히가시 씨에게 "뭐 어때" 하며, "응? 조금만" 하고 한쪽 눈을 찡긋거리는 가쓰 씨에게 잠깐 기다려달라고 말했는데, 그러는 와중에 아까 마루 자리로 안내한 일행 중 통로에 가장 가까이 앉은 여성이 상체를 젖히고 음료를 좀 쏟았는데요, 하고 말해서 주문표 뒤에 3번이라고 적고 잠깐 기다려달라고 대답했다. 계산대 아래에서 종업원용 요금표를 꺼내 하이볼은 400엔, 하이볼 진하게는 520엔, 큰 잔이면 540엔, 큰 잔 하이볼 진하게는 610엔이라고 확인했더니 가쓰 씨는 갑자기 흥이 깨진 표정으로 그렇다면 생맥주로 달라면서 주위에 묻지도 않고 맥주 석 잔을 주문했다.

애, 알겠니, 아카리? 웃어, 무조건 웃는 게 중요해. 우리는 물장사니까. 물때 묻은 네모난 거울에 정색한 얼굴을 비추며 입을 벌리고 꾸덕꾸덕한 질감의 색이 진한 립스틱을 입술 구석구석까지 꼼꼼히 바르는 사치요 씨의 얼굴을 떠올리며, 아아, 실패했다고 생각하면서 주방으로 들어갔다. 요즘 몸이 안 좋은지 여윈 점장님이 "아카리" 하고 부르며 말없이 웃어서, 찬장에서 풋콩 껍질용 접시를 꺼내준 걸 알아차렸다. 고맙다고 인사하고 들고 가자 히가시 씨가 "오, 아가야*가 돌아왔네"라며 가느다란 눈을 크게 떴다. 예전에 맥주잔을 손에 한가득 들고 가다가 넘어진 날부터 히가시 씨는 나를 아카리가 아니라 '아가야'라고 부른다. 한 번에 끝낼 작업을 깜박해서 여러 번 돌아갈 때마다 "아가야가 울상이네"라고 한다. 죄송하다고 작게 말하는데 사방에서 잠시만요, 여기요, 하는 소리가 들려서, 나는 늘 듣던 대로 "바빠지면 바로 불러야 해, 바쁘다고 실수를 연발하면 실례니까 침착해야지"라는 말을 떠올렸다. 외부 창고에 있는 사치요 씨를 부르려고 돌아서는데 여성 손님이 조금 퉁명스러운 목소리로 "죄송한데요, 아까도 말했는데 흘렸거든요"라고 말을 걸었다.

"죄송합니다, 지금 바로 치울게요."

"아니, 안 치워도 되니까 물수건 좀 받을 수 있을까요, 미안하지만?"

"괜찮아, 괜찮아. 내가 할 테니까 아카리는 생맥주 내 가."

---

* 원서에서는 '아카리짱'에서 줄임말로 '아카짱(갓난아기라는 뜻)'이라 부른다. 뜻을 유지하며 '아카리'와 어감이 비슷한 '아가야'로 옮겼다.

그러면서 점장님이 일단 돼지고기를 냉장고에 넣었다. 점장님이 주방을 떠나는 것이 어떤 의미인지는 나도 이해하므로 머릿속에 조바심만 흘러 기름이 섞인 것처럼 탁해진다. 들어올 때는 존댓말을 썼던 양복 입은 남자가 "계산"이라고 외치는 소리가 귀에 들려 일단 기억해두고, 그 대신 맥주 석 잔의 거품이 내는 희미한 소리에 재촉이라도 받은 듯이 맥주잔을 쟁반에 받쳐 들고 갔다.

"드디어 왔네."

가쓰 씨가 입술을 비틀며 말하고는 그 표정 그대로 속삭였다.

"제대로 해야지, 돈을 받으면서."

아마도 흔들리고 있을 내 시선을, 내 눈 속에 못으로 단단히 붙들어놓는 것 같았다.

"그리고 주문하려는데."

가쓰 씨의 목소리가 갑자기 밝아졌다. 돼지고기 생강구이, 방어 무 조림, 소 연골 조림, 그리고 닭이랑 오징어 튀김, 메뉴를 약칭으로 받아 적는 도중에 계산을 마친 점장님과 밖에서 돌아온 사치요 씨가 "감사합니다"라고 외쳐서, 나도 목이 멘 상태에서 숨을 내뱉듯이 "감사합니다"라고 말했다. 바람이 운다. 출입문을 닫는 데굴데굴 소리, 물결치는 유리문 너머로 들리는 2차 어쩌고 하는 소리, 사치요 씨가 설거지할 때 들리는 특유의 텁텁한 물소리, 환풍기와 냉장고 소리, "아카리, 침착하면 돼. 침착하게 하면 괜찮아"라고 말하는 점장님의 부드러운 목소리, 네, 네, 죄송합니다 대답하지만 침착하다는 게 대체 뭘까, 분주하게 움직일수록 실수를 하고 그러지 않으려고 하면 갑자기 일시정지가 되는데, 이렇게 말하는 동안에도 아직 손님이 있다고 비명을 지르는 내 의식 속의 목소리, 몸속에 퇴적된 그것이 넘쳐서 역류한다. 아까부터 나를 향한 것인지 손님을 향한 것인지 모르게 수없이 밀어 넣은 '죄송합니다'에 질식할 것만 같아, 나는 누런 벽지와 벽지가 벗겨진 이음매 부근에 걸린 시계를 훔쳐봤다. 한 시간 일하면 사진을 한 장 살 수 있고, 두 시간 일하면 CD를 한 장 살 수 있고, 만 엔을 벌면 티켓 한 장이 된다, 이런 식으로 견뎌온 여파가 몰려온다. 곤란한 듯이 웃으며 테이블을 닦는 점장님 눈가에도 주름이 새겨진다.

빈 맥주병을 담은 플라스틱 상자를 겹쳐 들고 어깨로 뒷문을 열자 한낮의 열기가 남아 있는 바람이 목덜미를 스치면서 지면에서 올라오는 동네 고양이의 오줌 냄새와 풀 냄새를 잠시나마 누그러뜨렸다. 숨을 참고 상자 안에서 병이 흔들리며 부딪히는 소리와 함께 밖으로 나왔다. 오오. 목소리가 들려 허리를 구부린 채로 고개를 들자, 막 가게를 나간 세 사람이 있었다. 그 후로 고구마소주를 병으로 시킨 탓에 밤인데도 가쓰 씨의 붉게 달아오른 얼굴이 보였다. 보관을 부탁한 병에 하얀 펜으로 이름을 적는데 사치요 씨가 넌지시 가쓰모토라고 알려줬다. 가쓰모토 님, 7/30.

"이거를? 여기로?"

몸이 가벼워지기보다 들어 올려지다시피 해서 앞치마 안에 입은 티셔츠 속으로 땀이 솟았다.

"괜찮아요, 가쓰 씨, 죄송해요, 위험한데."

"가벼워, 가벼워."

힘을 쓰는지 목소리가 흐려졌고, "차분하게만 하면 아

57

무리 무거워도"라고 중얼거리는 사이 발이 꼬여서 탱크톱을 입은 다른 사람이 얼른 상자를 든 그를 그대로 받쳐 주었다.

"이거 여자애가 하긴 힘들겠는데."

그렇게 말하는 그도 취했다. 술이 들어가면 기름칠한 듯 입이 풀리는 사람인가 보다. 나는 고맙다고 하며 고개를 숙인 뒤 돌려받은 맥주 상자를 벽 쪽으로 내려놓았다. 열어놓은 외부 창고에서 새 맥주 상자를 꺼내 돌아오는데 사치요 씨가 쓰레기통을 안고 나왔다.

"학생인데 참 훌륭하네. 요즘 애들은 돈을 어디에 써?"

술기운이 전혀 느껴지지 않는 히가시 씨가 사치요 씨에게 말을 걸었다.

"아이돌을 쫓아다닌다나 하던데."

사치요 씨가 캔이 든 상자로 뒷문을 고정했다.

"호오, 아이돌."

탱크톱 남자가 중얼거렸다.

"역시 젊은 애는 얼굴이 잘생긴 남자여야 하나 봐."

"젊을 때는 괜찮아도 현실에 있는 남자를 봐야지. 그러다 때 놓쳐."

등 너머로 사치요 씨와 가쓰 씨의 목소리를 들으면서 캔을 정리해야겠다 싶어 몇 개씩 쓰레기통에 넣자 가벼워진 상자가 밀리며 문이 닫히려고 했다.

"그렇구나, 아가야는 너무 성실해."

팔짱을 끼고 나를 지켜보던 히가시 씨가 느닷없이 말했고, 가쓰 씨가 불만스럽게 그렇다고 말을 보탠다.

"조금 진하게 해달라고 해도 안 해준다니까, 전에 애들은 시원시원했는데 말이야."

사치요 씨가 이봐요 가쓰 씨, 하고 말했다. 웃으며 말한다.


성실하다는 말과는 인연이 없다. 게으르다는 소리를 듣는 편이 훨씬 어울린다.

거슬러 올라가면 한자 四(사)가 생각난다. 一(일), 二(이), 三(삼)인데 왜 갑자기 그런 형태가 될까. 게다가 一은 한 획, 二는 두 획, 三은 세 획이면 쓰는데 四는 다섯 획. 반대로 五(오)는 네 획이다. 여러 번 써서 외우라는 선생님 말

59

대로 一부터 十(십)까지 수없이 반복해서 썼지만 아무리 해도 다른 애들처럼 외우지 못했던 기억이 있다. 엄마는 종종 히카리 언니와 나를 욕조에 넣고는 구구단이나 알파벳을 외우게 하고, 잘해내야만 나오도록 허락해줬다. 나는 아무리 해도 욕조 밖으로 나오지 못했다. 여러 글자와 언니가 외우는 말이 잘 연결되지 않아 머리가 새하얘질 때쯤 엄마가 그만 됐다면서 대충 들어서 내보내주었다. 항상 제대로 해서 먼저 나온 언니는 캐릭터 얼굴이 그려진 목욕 수건을 두르고 나를 가만히 쳐다봤는데, 어느 날 갑자기 치사하다고 말했다.

"왜 아카리는 못 외웠는데 나와도 돼? 왜 히카리는 못 외우면 못 나와?"

엄마가 뭐라고 말했는지는 기억 못 한다. 나는 현기증이 나서 언니가 의기양양하게 나갔을 욕조 가장자리에도 못 올라가고 미지근해진 물에서 미끄러지기만 했다. 배에 욕조 마개에 연결된 체인이 스쳐서 아프고 끌어올려진 몸은 무거운데, 왜 언니는 치사하다고 하는지 이상했다.

"왜 엄마는 아카리만 안아줘?"

언니가 계속 화를 냈으나 엄마의 손길에는 나를 안는 다는 의미는 없었던 것 같다. 그냥 무거운 걸 들어 올리 는 느낌이었다. 오히려 나는 아주 쉽게 대답하고 먼저 욕조에서 나가 엄마에게 칭찬을 받는 히카리 언니가 부러웠다.

50문항 한자 시험에서도 비슷한 일이 있었다. 그때도 만점을 받을 때까지 계속 답안지를 제출해야 했다. 마지 막까지 반에 남은 사람은 코딱지를 먹던 고타로와 나뿐 이었다. 한자 연습장의 칸을 정신없이 메웠다. 그러면 외울 수 있다고 했으니까 몇 장이나, 오른손 손가락이 새까매질 때까지 썼다. 한자를 적은 노트가 번들번들해지고 흑연 냄새에 취하면서도, 그래도 한 권은 끝까지 써야 한다고 생각했다. 지난 시험에 못 썼던 放牧(방목)을 썼다. 放 牧放牧放牧. 所持(소지), 所持所持所持. 感(감), 感感感. 완 벽하게 외웠다고 생각했다. 저번에 거꾸로 牧放이라고 썼 던 방목은 순서대로 썼다. 소지의 지는 손수변(扌)을 사 람인변(亻)으로 잘못 썼지만 소는 잘 썼다. 감은 윗부분이 생각 안 나 心(심)만 썼다. 지난번에 잘 썼던 한자도 몇 개 틀려서 점수는 겨우 1점 올랐다. 고타로도 날 앞질러서 그해가 끝날 때까지 합격 못 한 건 나뿐이었다.

엄마가 우리에게 공부를 특히 영어를 열심히 가르치려던 것과 아빠의 해외 발령이 어느 정도 직접적인 연관이 있는지는 모른다. 엄마가 자기 불면증을 달래려는 듯이 밤늦게까지 우리를 가르치려고 했던 시기에 나는 감시를 피해 공부에서 도망치는 방법을 익혔다.

"엄마는 칭찬을 안 해서 안 돼."

언니가 엄마에게서 나를 감싸며 "히카리 언니가 가르쳐줄게"라고 나섰다. 언니에게 배운 것 중에서 지금까지 기억하는 건 삼인칭 단수 s뿐이다. 동사 뒤에 s를 붙이면 언니가 호들갑스럽게 칭찬했고 까먹어도 참을성 있게 가르쳐줘서, 나는 언니가 채점하기 전에 신경을 곤두세우고 s가 붙었는지 안 붙었는지 몇 번이나 확인해 전부 맞혔다. 그러나 자기 일처럼 기뻐했던 언니가 다음 날 내준 문제를 풀 때는 삼인칭은 이미 내 머릿속에 없었다. 악의는 없었다. 언니는 대놓고 실망한 티를 내면서도 서툴게 위로해줬다.

언니가 느닷없이 분노를 드러낸 것은 대학 입시 공부를 할 때였다. 나는 욕실에 있는 엄마의 잔소리를 문 너머로 대충 들으며 저녁으로 어묵을 먹는 중이었다. 언니는 교재를 펼치고 어묵이 담긴 작은 그릇을 식탁 끄트머리에 치워놓았다. 평소처럼 엄마가 나에게 공부하라고 혼을 내서 내가 "하고 있어, 열심히 하고 있다고"라고 욕실을 향해 외쳤는데, 공부 중이던 언니가 갑자기 손을 멈추더니 "그만 좀 할래?"라고 말했다.

"널 보면 바보가 되는 것 같아. 내가 부정당하는 것 같다고. 나는 잘 시간도 아껴서 공부해. 엄마도 잠을 제대로 못 자는데도 매일 아침 토할 것 같다느니 머리가 아프다느니 하면서도 일하러 가. 그게 연예인만 쫓아다니는 거랑 같니? 그러면서 왜 열심히 한다는 소릴 해?"

"각자 열심히 하면 되잖아."

내가 젓가락으로 무를 건져 입에 넣는 것을 눈으로 좇던 언니는 "아니야!" 하더니 울었다. 노트에 눈물이 떨어졌다. 언니의 글자는 작고, 대충 휘갈겨 써도 읽기 편하게 정갈하다.

"안 해도 돼, 열심히 안 해도 되니까 열심히 한다는 소리는 하지 마. 부정하지 말라고."

풀썩, 무가 소리를 내며 그릇에 떨어져 국물이 튀었다. 식탁을 휴지로 닦았다. 그것도 화가 나는지 언니가 소리쳤다.

"제대로 좀 닦아."

노트를 보란 듯이 멀리 치운다.

닦고 있고, 애초에 부정하지도 않았다. 그렇게 말하려 했지만 내 말을 막으려는 듯이 계속 울었다.

이해가 안 됐다. 감싸는 기준도, 안달 내는 기준도 모르겠다. 언니는 대부분을 논리가 아니라 육체로 말하고 울고 화를 낸다.

엄마는 화를 내기보다 단정 짓는다. 판정을 내린다. 일찌감치 엄마의 성향을 파악한 언니는 어떻게든 중재하려다가 혼자 진이 다 빠져버린다.

언젠가 엄마가 내 얘기를 하는 걸 들은 적이 있다. 새벽 3시쯤, 갑자기 눈이 떠져서 화장실을 가는데 복도로 거실 불빛이 번졌다. 목소리가 들렸다. 언니가 또 엄마의 흰 머리를 뽑나 보다.

"아파, 지금 거 절대 흰머리 아니지."

"얼룩얼룩했어."

그런 대화가 들렸다. 잠기운이 남아 있는 탓에 따뜻한 색감의 빛이 어렴풋이 번져 보였다.

보이지 않는 엄마의 목소리에 나도 모르게 귀를 기울였다. 마지막에 미안하다, 하고 사과하는 소리가 똑똑히 들렸다.

"미안하다, 아카리 때문에. 부담을 줘서."

발톱이 자랐다. 밀었던 엄지발가락 털이 튀어나왔다. 왜 깎아도 뽑아도 자랄까? 성가시다.

"어쩔 수 없지."

언니가 불쑥 대답했다.

"아카리는 아무것도 못 하니까."

일부러 거실로 들어갔다. 어렴풋한 어둠에 갇힌 복도에서 벗어나니 거짓말처럼 밝아져서 텔레비전이나 엄마가 산 관엽식물, 낮은 테이블에 놓인 컵의 윤곽이 갑자기 또

렷해졌다. 언니는 고개를 들지 않았다. 엄마는 시치미 뚝 떼고 말했다.

"빨래 가져가렴."

무시했다. 성큼성큼 걸어가 휴지를 한 장 뽑고, 진열장 맨 아래 서랍에서 손톱깎이를 꺼냈다. 깎는다. 소리가 난다. 네모난 발톱은 깎기 어려워서 늘 살을 파고든다. 엄마가 뭐라고 말한다. 살에 파묻힌 걸 손톱깎이 끝으로 파내며 또 깎는다. 발톱 조각이 튀었다. 전부 깎고 나니 발가락에 자란 털이 보기 싫었는데, 족집게는 언니 손에 있었다.

"나 줄래?"

언니에게 말했다. 뭐라고 대꾸하려는 언니의 손에서 작은 은색 족집게를 낚아채 엄마가 "애" 하고 불러도 못 들은 척하고 뽑았다. 짧고 까만 체모 끝에 체액이 달린 꼴이 한심했다. 깎아도 뽑아도 또 자라는 것과 왜 영원히 마주해야 하는지 모르겠다. 항상 그랬다. 하나부터 열까지 다 그랬다.

최애와 다시 만난 것은 그렇게 세 걸음 앞으로 나아갔

다가 두 걸음 되돌아오는 생활을 초조하게 반복하면서 간신히 고등학교에 입학한 때였다. 최애는 빛났다. 어려서부터 지금까지 이십 년 동안 연예계 생활을 하면서 자신을 계속 몰아붙인 사람만이 지니는 빛이라고 생각했다.

"주변에 어른들만 있으니까 안색을 살펴야 했고, 강제로 연예계에 들어왔을 뿐이라는 생각에서 벗어나지 못한 시기도 있었는데, 열여덟 살 때였나, 아이돌로서 무대에 처음 섰을 때 은색 테이프가 이렇게 터지는 거예요. 공연장은 환성으로 가득한데 갑자기 마음이 차분해지더니, 내가 지금 이 자리에서 한 건 하고야 말겠다는 기분이 들었어요."

언젠가 이렇게 말한 그 순간부터 최애는 분명 스스로 빛을 내뿜기 시작했다.

최애는 반짝반짝 빛나면서 동시에 인간적인 면도 있다. 단정 짓는 말투여서 오해를 사는 일이 많은 것. 분위기를 맞추느라 입술을 올리고 있을 때가 많지만 정말로 기쁠 때는 얼굴 안쪽에서부터 억누르지 못하고 웃는 것. 토크쇼에서는 자신만만하게 말하면서 예능 방송에서 말하는 건 어색한지 눈빛이 미묘하게 흔들리는 것. 한번은 인스타그램 라이브에서 페트병의 뚜껑을 안 열고 물을 마시려고 한 뒤로 허당 캐릭터에 조금씩 재미를 붙인 것. 셀카는 절망적인 각도에서 찍으면서(얼굴이 잘생겨서 그래도 괜찮지만) 사물은 잘 찍는 것. 최애의 전부가 사랑스러웠다. 최애라면 모든 걸 바치고 싶다. 모든 걸 바치겠다니, 유치한 연애 드라마 대사 같지만 나는 어디엔가 최애가 존재하고 그 최애를 눈으로 볼 수 있다는 것만으로도 좋아서, 이를테면 가쓰 씨나 사치요 씨가 하는 '현실에 있는 남자를 봐야지' 같은 말은 무슨 뜻인지 전혀 모르겠다.

세상에는 친구나 연인이나 지인이나 가족 같은 관계가 가득하고, 서로 작용하며 매일 미세하게 움직인다. 항상 상호 평등한 관계를 추구하는 사람들은 균형이 무너진 일방적인 관계를 건강하지 않다고 한다. 희망도 없는데 계속 매달려봤자 무의미하다느니, 그런 친구를 뭐하러 계속 돌보느냐느니 한다. 보답을 바라지도 않는데 멋대로 불쌍하다고 하니까 지겹다. 나는 최애의 존재를 사랑하는 것 자체로 행복하고, 이것만으로 행복이 성립하니까 이러쿵저러쿵 잔소리는 하지 말았으면 한다. 서로서로 배려하는 관계를 최애와 맺고 싶지 않다. 아마 지금 당장 나를 봐달라거나 받아주기를 원하지 않기 때문일 것이다. 최애가 실제로 나를 좋게 봐줄지 알 수 없고, 나 역시 최애 곁에 계속 있을 때 즐거울지는 또 다른 문제일 것 같다. 물론 악수회에서 몇 초쯤 대화를 나누면 폭발할 정도로 흥분하지만.

휴대폰이나 텔레비전 화면에는 혹은 무대와 객석에는 그 간격만큼의 다정함이 있다. 상대와 대화하느라 거리가 가까워지지도 않고 내가 뭔가 저질러서 관계가 무너지지도 않는, 일정한 간격이 있는 곳에서 누군가의 존재를 끝없이 느끼는 것이 평온함을 주기도 한다. 무엇보다 최애를 응원할 때, 나라는 모든 것을 걸고서 빠져들 때, 일방적이라도 나는 그 어느 때보다 충족된다.

최애의 기본 정보는 노트에 주황색 펜으로 적고 빨간색 시트로 가리면서 외웠다. 1992년 8월 15일생, 사자자리, B형, 효고현 출신. 형제는 네 살 위인 누나가 한 명. 좋아하는 색은 파란색. 생후 3개월에 스타라이트 프로덕션

소속이 됨. 중학교 졸업과 거의 동시에 어머니가 누나를 데리고 가출. 회사원인 아버지와 조부모가 있는 4인 가정에서 자람. '우에노 마사키의 블로그'를 시작했으나 일 년 반 만에 방치하고 현재는 인스타그램 중심으로 활동. 트위터는 공식 알림만. 열여섯 살 때 팬클럽 창단. 무대 경험을 다양하게 쌓았고, 열여덟 살 때 스타라이트 프로덕션에서 원더 에이전시로 이적, 그와 동시에 남녀 혼성 아이돌 그룹 마자마좌의 멤버로 활동 시작.

최애가 출연한 연극의 시대 배경에 대해 지도를 작성하거나 관계도를 그리면서 조사하다 보니 러시아 정세에 유난히 해박해져서, 그 범위의 역사 시험에서만 갑자기 좋은 점수를 받은 적도 있다. 블로그는 글을 쓰면 컴퓨터가 알아서 맞춤법을 검사해주니까 반에서 작문을 돌려 읽으며 오자를 지적받을 때처럼 멋쩍은 기분도 들지 않았다.

최애를 진심으로 좇는다. 최애를 해석해 블로그에 남긴다. 방송을 녹화해 복습하며 메모를 하다가 예전에 언니가 이렇게 조용히 공부에 전념했던 때를 떠올렸다. 온 힘을 쏟아 빠져들 대상이 내게도 있다는 사실을 최애가 가르쳐주었다. 그날은 아르바이트가 오후 3시까지여서 평소보다는 피로가 덜 쌓인 머리카락을 바람에 날리며 집으로 돌아왔다. 얼음물을 준비하고 책상다리를 하고 앉아 유백색으로 탁해진 버튼을 손때 가득한 리모컨 안쪽으로 꾹 누르자 밖이 밝아서 화면이 잘 안 보이는 슬림형 텔레비전에 영상이 떴다. 투표 결과 발표는 4시부터니까 아직 시작 전이다. SNS를 보니 마자마좌 관련 키워드 두세 개가 트렌드로 올라왔다.

재활용품 수거 차량이 방송을 하며 집 밖을 지나갔다. 작은 개가 짖어대는 소리가 들렸다. 바닥에서 허벅지를 뗐는데 허리뼈가 둔하게 아팠고, 에어컨 바람을 계속 맞은 바닥이 평소보다 딱딱하게 느껴졌다. 4시가 지나 방송이 시작됐다. 열쇠 소리가 들리고, 퇴근한 엄마가 "얘가" 하고 날카롭게 소리를 질렀다.

"에어컨을 켜고 창문을 열었어? 얘, 듣고 있니?"

옷도 안 갈아입고, 지금 바로 빨래 돌릴 거야, 하는 소리를 귓등으로 들으며 응응 대답했다. 텔레비전에 시선을

둔 채 일어나 중심을 잡느라고 비틀거리며 청바지를 벗
는데, 엄마가 커튼을 치라고 또 말했다. 갑자기 뚝 소리가
나며 텔레비전이 꺼졌다. 그때 비로소 엄마 얼굴을 봤다.
뺨 옆으로 미처 묶이지 못한 머리카락이 늘어졌다.

"엄마 말 들었어?"

엄마가 리모컨을 든 팔을 뒤로 돌렸다.

"응, 미안. 중요한 거라."

"안 줄 거야."

"뭐야, 왜."

"말 좀 들어."

사과하라고 해서 사과하고, 창문을 닫으라고 해서 닫
고, 옷을 갈아입으라고 해서 아르바이트용 옷을 벗고 실
내복을 입었다. 욕조를 청소하고 내가 아침에 냉동볶음
밥을 해 먹고 던져둔 식기를 설거지하고, 낮에 언니가 개
킨 빨래를 내 방에 두고 와서 리모컨을 돌려받았을 때는
이미 결과가 발표된 뒤였다.

5위 의자에 앉은 최애를 보자마자 최하위인 걸 알았다.

머릿속이 까맣게, 빨갛게, 정체 모를 분노의 색으로 물

들었다. 어째서? 입 안에서 내뱉듯 작게 중얼거리자, 그것은 즉시 빠르게 열기를 띠었다. 지난번에 최애는 중앙의 부드러운 천이 깔린 호화로운 의자에 앉아서 화려한 왕관을 쓴 채 당혹스러운 듯 수줍게 웃고 있었다. 부드럽게 흐무러진 표정이 흔하지 않기도 하고 귀여워서 대기 화면으로 설정해 수없이 보고 SNS에 사랑스러워, 귀여워, 열심히 했구나! 같은 글을 올렸었는데, 지금 평범한 의자에 다리를 앞뒤로 두고 앉아 사회자의 말에 맞장구를 치는 최애의 얼굴을 제대로 볼 수가 없었다. 어쩔 줄 모르겠다. 팬은 모두 자기 최애가 앉은 자리의 기분을 함께 느낀다.

왜?

아, 가슴 아파.

손에 쥔 휴대폰에 입력했다. 아마도 동시에 새로고침을 하고 있었을 사람들 모두 '좋아요'를 보낸다. 애벌레 양이 우는 얼굴 이모티콘으로 반응한다.

감당이 안 됐다. 지난 사건의 충격이 얼마나 큰지 실감

했다. 그 사건이 최애에게서 뭔가 거대한 것을 빼앗아갔다. 모두들 지금까지 샀던 것 이상으로 CD를 샀을 텐데, 우리가 노력한다고 될 문제가 아니었다. 그래도 4위인 미나 언니와는 아주 근소하게 백 장도 안 되는 차이였다. 나는 지금까지 모은 아르바이트비를 거의 다 써서 오십 장을 샀는데, 진짜 되는 대로 끌어모아 CD를 샀다면 혹시 결과가 달라졌을지 모르겠다는 생각이 들었다. 모두 몇 장씩만 더 샀다면 최애는 1위에서 5위로 이토록 당연하게 굴러떨어지지 않았을지도 모른다. 지금도 라디오 같은 데 출연할 때면 이 시스템은 그리 양심적이지 않다고, 팬이 투표해주는 건 정말 기쁘지만 무리하지 말라고 말하는 최애니까 결과에 그다지 집착하지 않는다는 건 안다. 그래도 화면 너머로 어쩔 줄 모르는 느낌이 전해지는 것만 같다. 각자 마지막으로 한마디씩 부탁한다고 해서, 제일 먼저 마이크를 건네받은 최애가 마이크를 두 손으로 감싸듯이 붙잡더니 "먼저" 하고 숨소리를 냈다.

 "그런 일이 있었는데도 아직 여러분들이 이만큼이나 계시고, 13,627표를 보내주셔서 진심으로 감사드립니다.

기대에 미치지 못해 죄송합니다. 보답하지 못해서 아쉽고 속상한 마음도 있지만, 그래도 기분이 좋아요. 한 표 한 표의 무게를 확실히 받았습니다. 고마워요."

최애는 평소에 인사가 극단적으로 짧다고 욕먹는 일이 잦은데, 내게는 충분했다. 커튼이 흔들리자 텔레비전 속 최애도 눈부신 듯이 눈을 가늘게 뜨는 것처럼 보였다. 눈을 가늘게 뜨고 강아지처럼 코에 주름을 잡는 버릇이 정말 사랑스러워서, 가슴 깊은 곳이 강렬하게 조여드는 느낌이었다.

운동부는 은퇴 시합에서 지면 여름이 끝났다고 표현하는데, 나는 오늘부터가 진정한 여름이 시작되었다고 생각했다.

나는 이제 최애를 어중간하게 응원할 수 없다. 최애 외에는 누구에게도 눈을 돌리지 않을 것이다. 중고로 팔리는 최애의 굿즈를 보면 가슴이 아프니까 최대한 양도받았다. 오키나와나 오카야마 등에서 도착한 택배 상자에서 중고 핀 배지나 브로마이드를 꺼내 먼지를 정성껏 닦아 방 선반을 장식했다. 최애 덕질 말고는 돈을 쓰지 않왔다. 아르바이트는 여전히 힘들고 서툴렀지만 그래도 최애를 위해 일한다고 생각하면 기분이 좋아졌다. 8월 15일에는 내가 제일 맛있다고 생각하는 노란 스펀지케이크를 파는 가게에서 홀 케이크를 사서, 미리 주문한 최애의 얼굴이 그려진 초콜릿 플레이트 주위에 촛불을 꽂고 불을 붙여 인스타그램 스토리를 올린 뒤 혼자 다 먹었다. 도중에 괴로웠지만 지금 포기하면 최애에게도 모처럼 산 케이크에도 불성실한 것 같아서, 미처 넘기지 못한 생크림을 딸기 맛의 도움으로 삼켰다. 위가 줄어든 상태에서 홀 케이크를 욱여넣었더니 급격히 상승한 당분 때문에 불쾌해져서 도로 게워냈다. 화장실에서 검지와 중지로 혀를 자극하면 목 안쪽이 열리면서 토사물 냄새가 맛보다 먼저 목부터 미간에 걸쳐 올라온다. 눈가까지 퍼지며 눈물이 번져 나온다. 몸 안에서 공기가 기어오르는 소리가 들린다 싶더니 단맛 나는 토사물이 주르륵주르륵 흘러 떨어졌다. 변기 물이 몇 방울 튀어 뺨에 묻었다. 휴지로 지저분한 두 손가락을 문질러 닦고 물을 내렸다. 그러기를 반복하자 빈 배 속이 비틀려 아팠다. 흐르는 물에 손을 비비며 거울을 보니 눈이 빨개진 여자가 비쳤다. 그 여자와 멍하니 시선을 마주한 채로 입을 헹구자 뱉어낸 물에서 약간의 피와 위액이 섞여 냄새가 났다. 계단을 올라가는 다리, 난간을 붙잡는 팔, 내 방까지 가는 것조차 힘에 부쳤다. 문득 나는 이 괴로움을 원했을지도 모른다는 생각이 들었다.

나는 서서히, 일부러 육체를 몰아붙여 깎아내리려고 기를 쓰는 자신, 괴로움을 추구하는 자신을 느끼고 있었다. 체력과 돈과 시간, 내가 지닌 것을 잘라버리며 무언가에 파고든다. 그럼으로써 나 자신을 정화하는 기분이 들 때가 있다. 괴로움과 맞바꿔 나 자신을 무언가에 계속 쏟아붓다 보니 거기에 내 존재가치가 있다고 여기게 됐다. 할 말이 딱히 있는 것도 아닌데 매일 블로그에 글을 썼다. 전체 조회 수는 늘었으나 글 하나하나의 조회 수는 줄었다. SNS를 보기 두려워서 로그아웃했다. 조회 수 따위 필요 없다, 나는 철저하게 최애만 응원하면 된다.

*

　보건실에서는 시간이 흐르지 않는다. 종소리도, 종소리
를 시작으로 갑자기 떠들썩해지는 복도도, 밖에서 잎이
스치는 소리도 하얗고 차가운 침대에 누우면 멀게만 느
껴진다. 흰색과 회색으로 자잘한 얼룩무늬가 그려진 천
장에서 시선을 뗐다. 날카롭게 빛을 반사하는 은빛 커튼
레일에 눈이 부셔 눈앞이 부예졌다. 여름 동안 지나치게
살이 빠진 탓인지 머릿속에 항상 안개가 낀 듯했고, 생체
리듬이 무너져 새 학기를 따라가기가 벅찼다. 오른쪽 시
야 구석에 피가 뭉친 것 같은 빨간 반점이 보이고, 얼굴
전체에 여드름이 나기 시작했다. 엄마가 여드름을 보고
지저분하다고 했다. 꼼꼼히 세수하고 보습해야 한다고 인
터넷에 적혀 있었지만, 느긋하게 그러고 있을 상황이 아
니니까 일단 매일 여러 번 세수하고 얼굴을 숨기기 위해
앞머리를 내렸다. 욕조에 오래 몸을 담근 사람처럼 평소
에도 현기증이 계속 나서 숙제를 끝내지 못하고, 고전 프
린트물도 깜박하고, 밤새 최애의 아카펠라 자장가를 들

지 않으면 잠을 못 자서 귓구멍이 아팠다. 수업 시간 내내 책상에 거의 엎드려 있었는데, 4교시에는 다섯 명씩 그룹을 지어 영어 번역을 하라고 해서 몸을 일으켰다. 먹구름이 끼어서 교실 전체가 약간 어둡고, 기분 탓인지 다들 말수가 적었다. 몸을 굽혀 책상 양쪽 끝을 들고 이동했다. 다들 자연스럽게 무리를 지은 뒤에 인원을 조정했는데, 두 팔을 죽 뻗어 책상을 안은 나만 마지막까지 남아 우왕좌왕했다. 피부가 달아올랐고, 주변을 둘러보는 동작 하나하나에 시선이 꽂히는 것 같아 움직일 수가 없었다. 시곗바늘 소리가 가슴에 고였다.

　겨우 몇 시간 전의 그 감각을 몸이 자동으로 되살리는 바람에 나는 웅크렸다. 잠 속으로 녹아들려는데 선생님이 커튼을 살짝 젖히고 말했다.

　"아카리 양, 잠깐 괜찮니? 아리시마 선생님이 하실 말씀이 있대."

　몸을 일으켰다. 누워 있던 탓에 위치가 바뀌었던 내장이 불안정하게 흔들린다. 담임인 남자 선생님이 안으로 들어왔다. 보건실에서는 모든 선생님이 교실이나 교무실

79

에서와는 다른 분위기를 풍긴다.

"괜찮아?"

장난치는 듯한, 혹은 기가 막힌다는 듯한 말투로 담임이 말을 걸었다. 서른 후반쯤으로, 입을 거의 움직이지 않고 말한다. 교실에서 듣기엔 작아도 여기에서는 딱 좋았다. 보건실 안쪽, 학생의 사생활을 지켜주기 위한 학생 상담실로 갔다. 담임은 앉자마자 "요즘 선생님들이 네가 잘 안 나온다고 하시던데" 하고 말을 꺼냈다.

"죄송해요."

"피곤하니?"

"네."

"왜 피곤한데?"

"음, 그냥요."

담임은 눈에 띄게 눈썹을 치켜세우고 짐짓 곤란하다는 표정을 지었다.

"선생님은 괜찮다만, 이대로는 유급이야. 너도 알겠지만."

유급하느니 자퇴하겠다, 자퇴하면 어떻게 할 것인가, 가족끼리 몇 번인가 나눴던 것과 비슷한 대화를 어느 정도

한 뒤에 담임이 물었다.

"공부가 힘드니?"

"뭐, 못하니까요."

"왜 못한다고 생각하니?"

목구멍이 꽉 막히는 것 같았다. 왜 못하는지 내가 묻고 싶다. 눈물이 솟구쳤다. 흘리기 직전에 여드름 피부에 울기까지 하면 얼마나 추할지 생각해 참았다. 언니라면 이럴 때 넉살 좋게 눈물을 흘리겠지만, 약한 척하는 것처럼 보이는 건 못 봐주겠다. 육체에 지는 것 같다. 이를 악물고 있던 힘을 풀었다. 눈가에서도 힘을 빼고 서서히 의식을 옮겼다. 바람이 세차다. 학생 상담실은 산소도 부족해 압박받는 기분이다. 담임은 무턱대고 혼내지 않고, "그래도 역시 졸업은 하는 게 좋아. 앞으로 조금만 힘을 내면 어떨까? 앞으로를 생각해서라도"라고 설득했다. 옳은 말이지만 내 머릿속 목소리는 "지금이 괴로워"라고 외치며 전부 덮어버렸다. 유심히 들어야 할 것과 몸을 지키려고 도피하려는 것 사이에서 더 나은 선택은 도무지 불가능했다.

고등학교 2학년 3월, '진급 불가'라고 했다.* 돌아오는 길, 면담에 동석한 엄마와 함께 학교 근처 역까지 걸었다. 보건실에 있을 때나 조퇴했을 때 느끼는, 시간이 어중간하게 잘려나가 이도 저도 아닌 것 같은 감각이 더욱 강렬해졌는데 엄마에게도 전염됐나 보다. 사실은 울지 않았는데도 둘 다 울다 지친 표정으로 걸었다. 느낌이 묘했다. 유급해도 같은 결과일 테니 중퇴하기로 했다.

학교에 다닐 때, 나는 최애의 음악을 들으며 등교했다. 여유 있는 날에는 느린 발라드, 서두르는 날은 업템포 신곡을 들으며 역을 향해 걸었다. 곡의 속도에 따라 역에 도착하는 시간은 크게 달라진다. 보폭부터 발을 옮기는 리듬이 듣는 곡에 지배된다.

내가 나를 지배하려면 기력이 필요하다. 전철이나 에스컬레이터를 타듯이 노래를 타고 이동하면 훨씬 편하다.

---

* 일본 초중고등학교는 4월에 새 학년을 시작해 이듬해 3월에 마친다. 아카리는 3학년에 진급하지 못했다.

오후, 전철 좌석에 앉은 사람들이 어딘지 태평하고 한가로워 보일 때가 있는데, 아마도 '이동하는 중'이라는 안심을 느끼기 때문일 것이다. 스스로 이동하지 않아도 제대로 이동하고 있다는 안도, 그러니까 속 편하게 휴대폰을 보거나 잘 수 있다. 대기실 같은 곳도 그렇다. 햇살조차 차가운 방에서 코트를 껴입고 무언가를 '기다린다'는 것에는 때때로 그 사실만으로도 마음이 놓이는 따스한 다정함이 있다. 만약 우리 집 소파였다면, 내 체온과 냄새가 스며든 담요 속이라면 달라진다. 게임을 하거나 낮잠을 자더라도 해가 저물 때까지 걸리는 시간만큼 마음 어딘가에 새까만 초조함이 달라붙는다. 아무것도 안 하는 건 무언가를 하는 것보다 괴롭기도 하다.

가족 그룹 채팅방에 중퇴했다고 알리자 언니가 그래. 힘들었겠다. 수고했어라고 말했다. 저녁에는 언니가 갑자기 방에 들어오더니 "있잖아" 하고 말을 걸었다.

"많이 힘들겠지만 당분간 푹 쉬어."

내 파란 방을 불편한 티를 내며 둘러본다. 엄마는 서슴없이 들어오는데, 바로 옆방을 쓰는 언니가 이 방에 얼마

만에 오는 건가 생각했다.

"응, 고마워."

"괜찮아."

질문도, 충고도 아닌 어중간한 어미였다. 나는 응, 하고
대답했다.

내 중퇴를 가장 받아들이지 못한 사람은 엄마였다. 엄
마가 꿈꾸는 이상이 있는데, 지금 엄마를 둘러싼 환경은
그 이상에서 모조리 벗어났다. 둘째 딸의 중퇴뿐만이 아
니다. 나이를 먹으면서 엄마의 건강이 나빠졌다. 최근 바
뀐 담당 의사가 붙임성이 없었다. 직속 부하가 임신해서
업무량이 늘었다. 전기료가 올랐다. 옆집 부부가 심은 식
물이 자라서 우리 집으로 넘어왔다. 아빠의 일시 귀국이
회사 사정으로 연기됐다. 새로 산 냄비 손잡이가 떨어졌
는데 제조사가 엉망으로 처리해 일주일이 지나도 교환
상품이 도착하지 않았다.

시간이 갈수록 불면증이 심해지나 보다. 흰머리가 늘
었다며 한참이나 거울에 머리를 비추고 헤집었다. 다크서
클도 진해졌다. 언니가 다크서클을 감쪽같이 감춰준다고

SNS에서 화제인 컨실러를 사줬다가 엄마의 역정을 사기도 했다. 언니는 울었다. 우는 소리가 시끄러워서 엄마가 또 화를 냈다.

한숨은 먼지처럼 거실에 쌓이고, 훌쩍이는 울음은 마룻바닥 틈이나 장롱 표면에 스며들었다. 난폭하게 잡아끈 의자나 문 여닫는 소리가 퇴적되고 이 가는 소리나 잔소리가 축축하게 계속 떨어지면서 먼지가 쌓이고 곰팡이가 생기며 집은 조금씩 낡아가는지도 모른다. 균형이 깨지기 시작한 집은 오히려 붕괴를 갈망한다. 할머니의 부고는 바로 그럴 때 들렸다.

아르바이트하다가 서빙이 늦어서 꽁치 소금구이가 식은 바람에 야단맞고 돌아왔더니, 머리를 빗고 있던 엄마가 허둥지둥 나갈 준비를 하며 "지금 나가야 해"라고 말했다.

"할머니가 돌아가셨어."

엄마는 리모컨 버튼을 여러 번 난폭하게 눌러 텔레비전을 껐다. 형광등과 환풍기를 끄자 침묵이 깔렸고, 이미 눈이 빨개진 언니가 차 페트병에 물을 담았다.

"옷 갈아입어."

갑작스러웠다. 큰 봉지에 든 개별 포장된 초콜릿을 먹다가 지금 먹는 게 마지막 하나였어, 하는 말을 듣는 것처럼 부고를 들었다.

차를 타고 한동안 아무도 말이 없었다. 핸들을 잡은 엄마만 냉정함을 유지하며 울고 있었다. 굳은 표정으로 자연스럽게 눈물을 흘렸다. 시야에 방해되니까 의무적으로 닦는다. 고속도로를 타자 언니는 내게 등을 보이고 색색으로 번지는 빛이 지나가는 광경을 바라봤다. 알림이 울려 나루미의 메시지를 확인했다. 오늘 밤에 통화하고 싶다고 했다. 문자만 보면 나루미의 성형 전 얼굴이 떠오른다. 작년, 내가 학교를 그만두기 얼마 전에 입학시험을 위한 짧은 방학 동안 쌍꺼풀수술을 했나 보다. 방학이 끝났을 때 나루미의 눈은 미처 부기가 다 빠지지 않은 상태였다. 학생들이 뒤에서 쑥덕였으나 하루하루 예쁘게 커지고 있는 그 눈에 그런 것쯤은 아예 들어오지 않았다. 그러니까, 나루미는 최애만 응시했다. 나루미에게 오케이 이모티콘을 보냈다. 마자마좌 멤버의 음성 이모티콘이어서 세나의 유난히 밝은 "오케이!"가 휴대폰에서 울렸다.

언니는 잠깐 움찔했으나 계속 창밖에 시선을 두었다.

엄마가 병원에서 할머니 시신을 모시고 오는 동안 나와 언니는 먼저 할머니 집으로 갔다. 언니가 테이블 위에 어지러이 놓인 신문과 유통기한이 지난 다시마, 매실 절임 팩을 구석으로 밀어놓고 말라서 굳은 행주를 물에 적셔 왔다. 자잘하게 먼지가 덮여 뽀얘진 테이블을 닦자 원래의 밝은색이 드러났다. 형광등 모양이 둥그렇게 비치는 테이블에 유명하지 않은 편의점 체인에서 산 도시락을 펼치고 나무젓가락을 놓았다. 우리 동네 편의점에서 파는 것보다 닭튀김이며 치킨가스가 커 보였다.

"먹을 거야?"

내가 묻자, 언니는 "글쎄. 먹어도 되겠지만"이라고 대답하며 시계를 봤다.

나는 툇마루에 놓인 샌들을 신고 밖으로 나왔다. 돌담이 둘려 있고, 달빛을 몽롱하게 받은 연못이 있다. 나루미에게 전화를 걸자 신호 한 번 만에 "야호!" 소리가 들렸다. 목소리를 들어도 역시 나루미의 예전 얼굴이 먼저 떠오른다. "무슨 일이야?" 하고 묻자 "오랜만이잖아"라고 대답한다.

"그러게."

"학교 가는 거 심심해."

"사정이 있어서."

"그래?"

"그래."

잠깐 침묵이 생겼다.

"너야말로 무슨 일 있는 거 아냐?"

"티 나? 미리 말하는데, 생각보다 충격적인 뉴스다?"

샌들 바닥으로 연못 주위의 돌을 밟고 서서 앞뒤로 균형을 잡고 있다가 그 말을 듣고 땅으로 내려왔다.

"뭔데? 어? 뭐야, 뭔데?"

"이어졌어요."

에엑, 유난스럽게 놀란 입에 작은 날벌레가 닿아 다급하게 쳐냈다. 어지러워서 툇마루에 황급히 주저앉았다.

"해냈네. 와, 대단하다."

"쌍꺼풀수술 효과야."

"꼭 그건 아니겠지."

"아니야, 그거야."

진지한 목소리다. 나루미가 진지함 그 자체인 표정을 짓는 모습까지 아른아른 떠올랐다.

"그 녀석, 폭이 넓고 또렷한 평행형 쌍꺼풀눈을 특히 좋아하거든. 수술하니까 태도가 달라지던데. 데이트할 때도 지금이 훨씬 낫다더라."

"잠깐만, 사귀는 거야?"

"으음, 사귀는 건 아닌데. 비슷한 느낌?"

샌들을 신은 채로 드러누워 힘껏 숨을 내쉬면서 동시에 와, 거짓말, 진짜, 엑, 그렇구나, 하고 중얼거렸다. 지금은 내가 천장을 바라보며 이모티콘처럼 경악한 표정을 짓고 있다. 단순화한 감정을 내보내다 보면 단순한 인간이 될 수 있을 것 같다. 단순한 대화를 이어가다가 전화를 끊었다.

밤바다 냄새가 넘실거렸다. 저 이끼 긴 돌담 너머에 바다가 있다. 기름 같은 질감의 바다가 장엄하게 울어대는 광경을 상상한다. 의식 밑바닥에서부터 흔들리는 듯한 불온한 무언가가 덮쳐오는 것을 느낀다. 할아버지가 먼저 돌아가셨을 때 할머니의 상태가 떠올랐는데, 금세 깊은 바다의 어둠 속으로 흡수됐다. 마지막 순간을 상상했는데 다시 바다에 지워졌다.

공포에서 벗어나고 싶어서 거실로 들어갔다. 엄마가 왔고, 일시 귀국한 아빠도 도착했다. 장례식이 끝날 때까지 엄마의 친정인 이 집에서 다 같이 머물기로 했다.

휴대폰을 봤다. 무료로 공개된 과거 영상을 반복해서 보고, 화질을 최고로 설정해 캡처했다. 팬클럽 한정 공개 사진을 저장했다. 언제라도 최애는 귀엽다. 달달한 느낌의 프릴이나 리본이나 분홍색에서 느끼는 귀여움과는 다르다. 외모에서 느끼는 귀여움과도 다르다. 굳이 따지자면 '까마귀야 왜 우니, 까마귀는 산으로 가네, 귀여운 일곱 아이가 기다리니까'라는 동요 가사에서 말하는 '귀여움'이다. 지켜주고 싶고 애틋해지는 '귀여움'은 최강이어서, 최애가 앞으로 무엇을 하고 어떻게 되더라도 그것만은 사라지지 않을 것이다.

"드라이기 없어?"

언니가 어깨에 걸쳤던 빛바랜 수건으로 머리를 털며 거실 전체에 대고 물었다. 엄마가 한 호흡 뒤에 "아, 있었나?"라고 대답하고는 틀어놓은 예능 방송을 보며 웃었다.

"아카리, 먼저 목욕해."

아빠가 말했다.

"아빠는?"

"나는 마지막에 해도 돼."

"너는 맨날 오래 걸리니까 얼른 하고 와."

곰팡내 나는 어두운 복도 끝의 욕실은 이 집에서 가장 추운 곳이었다. 욕조의 크기는 보통 집의 절반이었다. 끝까지 닫히지 않는 북향 창에서 들어오는 바람이 몹시도 차가운데 따뜻한 물과 온도 차가 나서 기분이 좋다. 욕조에 몸을 담그고, 들고 온 휴대폰을 봤다. 어디에 가더라도 최애가 없으면 불안했다. 요 며칠간 이 네모난 기계가 네모난 내 방이 된 기분마저 든다.

내 휴대폰 사진 폴더에는 가족이나 친구 사진은 거의 없다. 컴퓨터도 휴대폰도 정리를 못 하지만 최애 사진은 유소년, 연극배우, 아이돌 시기별로 폴더를 정확하게 나눠 언제든 바로바로 볼 수 있게 해뒀다. 요즘 좋아하는 사진은 최애가 머리색 밝게 해봤어요. 완전히라며 인스타그램에 올린 사진이다. 거울에 카메라를 대고 짧은 머리로 브이를 하고 있어서 귀엽다. 민얼굴 같은데, 잘 하지 않는 포즈도 그렇고 기분이 좋아 보인다. 얼굴 너무 멋져요…… 밝은 톤도 잘 어울려요. 콘서트 기대할게요!라고 댓글을 달았다.

조금 파란 기가 도는데요? 빛 때문인가? 어쨌든 멋있어, 역시 마사키.

오늘도 은혜롭네요. 태어나줘서 고마워요.

그 셔츠 혹시 루아조 블뢰 건가요?

잠깐, 나도 막 염색했는데 운명인가 봐^^

작년 7월의 논란 이후 벌써 일 년 이상 지나서 그런가 조금씩 우호적인 댓글이 늘었다. 여전히 끈질긴 안티가 보이는데, 어쩌면 새로 생긴 팬보다 그들이 더 오래 최애의 동향을 쫓아다닌 셈이라 솔직히 놀라웠다. 팬이 어떤 계기로 안티가 되는 일도 많으니까 지금 보이는 비판은 대부분 그런 사람들이 하는 건지도 모른다. 익명 게시판은 여전히 여성 관계 소문으로 지루하게 채워졌다. 지금까지 소문에 오른 사람들은 모델이나 아나운서였는데, 최근 들어 논란 속 폭행 피해 여성까지 끌어오기 시작했다. 그 여성이 사실은 팬이 아니라 여자친구일지도 모른다, 아이돌이니까 공표 못 한 것 아니냐고. 소문 속 여성의 인스타그램을 찾아내 셀카를 안 올리는 시기와 소동이 벌어진 시기가 겹친다는 둥 사진에 찍힌 머그잔이 커플 아이템이라는 둥 증거를 댔다.

욕조 가장자리에 앉아 창 옆에 휴대폰을 놓았다. 창가에 놓인 세제 주둥이에는 머리카락과 먼지가 달라붙어 그대로 말라 있었다. 까만 선이 비스듬히 교차하는 창문 너머로 담과 꽃의 색이 보인다. 유명인이 되면 이런 사건 하나로도 연애 상대가 특정되거나 소문이 나기도 할 것이다. 머리를 감으려고 욕조에서 나가려는데 세로로 길쭉한 거울에 비친 내 몸이 심각하게 말라 있었다. 발부터 힘이 빠지는 기분이었다.

거실로 돌아왔더니 갑자기 취업 이야기가 나왔다.

엄마가 시키는 대로 소파에 앉자 눈앞에 아빠가 자리를 잡았다. 엄마는 옆에서 테이블을 정리한다. 아빠도 엄마도 일부러 무거운 분위기를 연출한다. 오히려 분위기가 깨지는 느낌이다.

혼자 비스듬히 앉은 언니가 반쯤 마른 머리카락을 수건으로 털면서 텔레비전을 응시했다. 목욕을 마치고 달아오른 귀가 빨갛다. 외면하고 있지만 긴장했을 것이다. 텔레비전에는 귀가 어두운 할머니를 위한 자막이 흐른다.

"요즘 어떠니? 취업 준비는 하고 있어?"

아빠가 속이 뻔히 보이는 질문을 했다. 테이블에 양쪽 팔꿈치를 대고 양손을 깍지 낀다. 무의미하게 허세를 부리는 모습이 불쾌했다.

"안 한다니까, 아무것도. 내가 얼마나 말했는데. 그때마다 얼버무리면서 했다고 오히려 화를 내. 어떻게 했나 보면, 회사 두세 군데에 전화하고 끝이야. 아무 의욕이 없어."

엄마가 눈을 커다랗게 뜨며 대답했다. 평소보다 더 흥

분했다. 아빠가 있어서 과감해진 걸까, 아니면 할머니가 사라진 이 순간이 엄마를 그렇게 만드는 걸까. 아빠는 엄마를 상대하지 않고 내게 어떠냐고 물었다.

"찾기는 했어."

"이력서는 보냈어?"

"아니, 전화했어."

"뭐 하자는 건지."

엄마가 또 끼어들었다.

"맨날 이래. 항상 이렇다니까. 대충 넘기면 된다고 생각하지?"

"반년 넘게 시간이 있었지. 왜 아무것도 안 했니?"

"못 한 거야."

내가 대답하자 엄마가 "거짓말"이라고 말했다.

"콘서트에 갈 여유는 있으면서."

소파를 덮은 까만 인조가죽에서 노란 스펀지가 삐져나와 있다.

"냉정하게 들릴지 몰라도, 아빠 엄마도 계속 부양해줄 순 없어."

스펀지의 뭉그러진 부분을 손가락으로 파내며 앞으로 어떻게 할지 말했다. 과감하게 말도 안 되는 소리를 하던 중에 아빠의 여유 넘치는 태도에 갑자기 속이 뒤틀렸고, 그게 표정으로도 나타날 즈음에는 반쯤 웃고 있었다. 예전에 본 아빠의 트위터가 생각났기 때문이다. 아빠는 이른바 아저씨 같은 말투를 구사했다. 리트윗이 많이 된 여자 성우의 글에 달린 답글 하나에 익숙한 녹색 소파 사진이 첨부됐길래 우연인가 싶어서 봤더니, 아무리 봐도 해외 발령지에서 아빠가 혼자 쓰는 방의 소파였다.

**카나밍과 같은 소파를 사버렸지 뭡니까^_^ 잔업&쓸쓸한 밤에 혼술;^_^A 내일도 힘내자고요!**

새빨간 느낌표로 끝나는 글, 비슷한 이모티콘을 사용한 글이 그 밖에도 몇 개나 있었다. 혼자 발령을 받아 일본에 없는 아빠, 가끔 세련된 양복을 차려입고 돌아와서는 해맑게 무신경한 말을 하는 아빠. 엿보면 안 될 것 같아서 더 찾아보진 않았다. 지금은 계정이 뭐였는지도 모르지만, 여자 성우에게 순정의 메시지를 보낸다고 생각하면 웃겼다.

"진지하게 좀 들어."

엄마가 히죽거리는 내게 호통을 치며 벌떡 일어나 내 팔을 잡고 억지로 흔들었다. 언니의 어깨가 깜짝 튀어 오른다. 헤집던 스펀지가 후드득 떨어진다.

"그만, 그러지 마."

아빠가 말리자 엄마가 입을 다물었다. 태도가 확 바뀌더니 들리지도 않는 욕설을 중얼거리고서 계단을 쿵쾅거리며 올라가버렸다. 언니가 엄마가 두고 간 휴대폰을 들고 쫓아갔다.

지금까지와 뭔가 달랐다. 아빠만 어딘지 모르게 태연하다.

"학교도 안 가고 취직도 안 하겠다면 돈은 못 준다. 기한을 정하자."

아빠는 논리정연하게 해결만을 염두에 두고 말한다. 명쾌하게, 냉정하게, 어떤 일이든 어렵지 않게 해낸 인간 특유의 미소까지 짓고서 말한다. 아빠나 다른 어른들이 하는 말은 다 뻔한 소리이고 이미 내가 수없이 나 자신에게 들려준 말이었다.

"일하지 않는 사람은 살아갈 수 없어. 야생동물과 마찬가지로 먹이를 못 얻으면 죽어."

"그럼 죽을래."

"아니, 아니지, 지금 그런 이야기를 하는 게 아니야."

달래며 말리니까 부아가 치밀었다. 아무것도 모르면서. 최애를 힘들게 하는 것은 이런 괴로움일지도 모른다. 아무도 알아주지 않는다.

"그럼 뭔데?"

울먹이는 소리가 나왔다.

"일하라고, 일하라고 하는데 못 한단 말이야. 병원에서 그러잖아. 나는 평범하지 않아."

"또 그런 변명이나 하고."

"변명이 아니야, 변명 같은 게 아니라고."

숨을 잘못 삼켜서 목에서 꽉 눌린 소리가 났다. 언니가 말없이 내려와 서 있는 모습이 시야 끝에 걸렸다. 언니의 초록색 티셔츠가 번져 보이고, 참았던 눈물이 터졌다. 울고 만 내가 한심했다. 육체에 질질 끌려, 육체 때문에 우는 것이 한심했다.

내가 훌쩍이는 소리가 유난히 크게 들렸다.

"그냥 괜찮잖아."

그때까지 잠자코 있던 언니가 불쑥 말했다. 밖을 내다보고 있었다. 아빠가 뭔가 말하려다가 입을 다물었다.

"있잖아, 뭐 어때, 괜찮잖아. 일단 혼자 살아보면 어때? 이대로는 너무 힘들잖아."

빗물 소리가 찰싹찰싹 손바닥으로 부드럽게 때리듯이 세 사람이 있는 공간에 떨어진다. 하얗고 차가운 가을비가 텅 빈 우리 집을 서서히 무너뜨린다.

결국 할머니가 살던 이 집으로 이사하게 됐다. 얼마간 생활비를 받았고 아르바이트는 그만두었다. 가족에게는 취업 준비를 위해서라고 했지만, 사실은 요 며칠간 결근한다고 연락한다는 것을 까맣게 잊고 있다가 사치요 씨에게서 전화를 받았기 때문이었다.

"열심히 하는 건 알겠는데 우리도 말이다, 장사라서."

사치요 씨가 말했다.

그러니까 미안하다, 아카리.

*

며칠 전 역 매점에서 '마자마좌 우에노 마사키 수수께끼의 20대 미녀와 동거? 팬 이탈 가속' 기사를 선 채로 읽었다. 최애의 그룹이 딱히 연애를 금지한 것도 아니고 인터뷰할 때도 앞으로 결혼하고 싶다고 했었다. '아이돌 실격 낙인, 팬 격노'라고 적혀 있었으나, 나는 전혀 화가 나지 않았다. 큼지막한 선글라스를 낀 최애가 슈퍼마켓 봉지를 들고 있는 모습은 왠지 안 어울렸다.

멀리서 어린아이가 떠드는 소리가 들렸다. 귓속에서 와글대는 것 같다. 저녁때면 유난히 소리가 귀에 들러붙는다. 슬슬 최애가 인스타그램 라이브를 하겠다고 한 시간대가 가까워졌다.

대량 구매한 치킨 라면 봉지를 뜯어 그릇에 옮기는데 조각이 난 면 부스러기가 마른 소리를 내며 흩어졌다. 최애는 보통 방송하면서 밥을 먹는데, 최애와 함께라면 식욕도 조금은 생기니까 준비하고 기다린다. 최애가 추천한 영화를 빌리고 최애가 재미있다고 한 코미디언의 동영상을 유튜브로 본다. 심야방송에서 "잘 자"라는 말을 들으면 잔다.

먼저 물을 끓여야 한다는 걸 깨달았다. 가스 불에 주전자를 올리고, 오래된 냄새가 나는 고타쓰*에 발을 집어넣는 순간 휴대폰에서 라이브가 시작됐다.

제일 먼저 최애의 눈이 화면에 뜨더니 "잘 보여요?"라고 물었다. 몸을 뒤로 빼자 조금 짧은 머리에 편안한 옷을 입고 수줍은 듯이 정색한 최애가 보인다.

보여요~

아주 잘.

귀여워라.

보인다!

잘 보여요!

---

* 나무로 만든 상 아래에 전기 난로를 두고 상 위에 이불을 덮어 사용하는 난방 기구.

채팅창에 말들이 빠르게 흐르기 시작했다. 최애가 움직인다. 지금 어딘가에서 최애가 휴대폰 화면을 들여다보고 있다.

머리 잘랐어요?

나도 메시지를 적었다.

오늘 생일이에요.

누군가의 말이 지나가자 눈을 이리저리 굴리던 최애가 조금 늦게 "아, 생일이군요. 축하해요" 하고 반응했다.

자격증 공부 중~

마사키, 나 취업했어요.

유카라고 불러주세요.

메시지들이 쏟아지자 최애가 콧잔등에 주름을 잡고 씁쓸해 보이는 미소를 지었다. 그 표정은 조악한 화면 속에서 순식간에 사라졌고, 최애는 곧 "이거요, 맞아요, 콜라"라며 페트병을 들었다.

"그리고 배달도 시켰어요. 초밥이랑 샐러드랑 만두랑."

살쪄요ㅋㅋ

배달 너무 비싸지 않아요?

편리하지, 나도 요즘 자주 시켜요.

최애가 턱을 괴고 이쪽을 본다. 흔들리는 시선으로 어떤 댓글을 포착할지 생각 중일 뿐인데도 방심한 표정이 귀여워서 캡처했다. 눈을 감아서 타이밍을 노리다가 몇 번쯤 다시 캡처했다. 뒤쪽 소파에 놓인 쿠션과 봉제 인형을 보고 어라, 싶었다. 최애는 너무 어릴 때부터 교육방송에 출연해서 인형 탈이 트라우마가 됐다고 했었다.

"꼭 그 영향인지는 모르겠지만 지금도 인형 탈은 안 돼요. 동물 인형도 좀 별로고."

끄집어낸 파일 중에 '싫어하는 것' 항목으로 묶인 페이지에는 분명히 그렇게 적혀 있었다. 딩동, 초인종이 울려서 최애가 "왔나 보다, 잠깐 기다려요"라고 말하며 일어나는데 쿠당탕 소리가 나면서 순간 시야가 어지럽게 움직였다. 세워둔 휴대폰이 쓰러졌는지, 벽지와 창밖이 보이더니 "이런" 하고 원래 위치로 돌아왔다.

"미안해."

갑자기 친밀하게 속삭여서 조금 낯간지러웠다. 화면이 침묵하자 이어폰 너머로 소리가 났다. 귀에서 이어폰을 뺐다. 타는 듯한 소리가 커져서 부엌에 가보니 물이 끓어 넘치는 중이다. 불을 끄고 한 손으로 그릇에 물을 붓다가 오른손에 든 휴대폰을 떨어뜨릴 뻔했다. 돌아온 최애가 드물게 소리 내어 웃었다. 이런, 어떡해. 뭔지 모르지만 놓쳤다. 되돌려서 보고 싶지만 실시간을 봐야 하니까 나중에 다시 봐야겠다. 엄밀하게 따지면 시간 차가 있겠지만, 편집된 DVD나 CD와 다르게 고작 몇 초 정도가 차이 나는 라이브 화면에는 최애의 체온이 남아 있는 것 같다. 난방을 하려고 닫아둔 창밖이 돌담 위부터 거뭇해졌다. 저녁에 내리는 소낙비였다.

자리에 돌아온 최애가 보여준 도시락에 구운 연어 초밥만 들어 있는 걸 보고 재밌어하는 메시지가 잔뜩 올라왔다. 최애는 좋아하는 것만 집중적으로 먹는다. 질리지 않느냐는 질문에 "좋아하는 걸로만 위를 채우고 싶거든요"라고 정색하며 대답했다.

"구운 연어 맛있어."

흐물흐물 풀리는 표정을 자제하려는 듯이 다시 가득 먹는다. 밥알까지 정성스레 집어먹으려고 해서 도중에 몇 번이나 말이 없어졌다. 어둑한 거실에서 덜 풀린 면을 씹어 넘기는데, 티켓이 안 팔리니까 필사적으로 팬한테 아양이나 떠네라는 글이 지나갔다.

타는 쓰레기는 얌전히 쓰레기통에나 들어가.

이런 놈의 콘서트에 가는 인간들은 멍청한 광신도지~

같은 계정에서 연속으로 올려대니 보기 싫어도 눈에 띄었으리라. 평소에 최애는 그런 말을 무표정으로 무시할 때가 많은데, "오기 싫은 사람은 안 와도 돼요. 없어서 곤란하지는 않으니까"라며 텔레비전이나 라디오에서보다 짜증 섞인 목소리로 말했다. 최애가 젓가락을 내려놓았다. 채팅창이 느려진다.

최애는 뒤쪽 소파에 놓인 쿠션이 지금 자기 심정이라도 되는 양 계속 위치를 바꿔 정리하더니 "뭐 그렇지만" 하고 숨을 내쉬었다.

"이번이 마지막이니까."

최애의 마음에서 밀려 나오듯이 말이 터졌다. 받아들이지 못했다. 채팅창에도 의미를 파악하지 못한 팬들이 속출했다. 시간 차로 여전히 안티를 비난하는 사람도 있었다.

"이런 데서 말한다고 욕먹을 것 같은데 곧 공홈(공식 홈페이지)에서도 발표할 거니까, 이왕이면 내 입으로 말하고 싶어서요."

최애가 콜라 뚜껑을 소리 내어 비틀더니 한 번 기울이자 라벨 바로 아래까지 콜라가 줄었다.

"탈퇴? 아니, 나만이 아니에요. 해체."

어?

???

잠깐 잠깐 잠깐!

아니.

거짓말.

혼란스러운 반응들이 순식간에 흘러가고, 거기에 섞여 여전히 제멋대로 혼자 잘나신 마사키 님이네라는 의견도 나왔다.

마사키 군 최애지만 너무 자기중심적이잖아? 멤버가 불쌍해.

최소한 공식 발표는 기다려야지⋯⋯.

짱알거리지 말고 일찌감치 해체했으면 좋았을 거 아냐.

최애는 시간을 확인하더니 말했다.

"이다음은 회견에서 말해야겠네."

잠시 입을 다물고 무서운 속도로 지나가는 채팅창을 눈으로 훑으며 그러네, 하고 조용하게 중얼거렸다. 특정 메시지에 반응하는 말은 아닌 것 같다.

"응, 미안해요. 그래도 여기 와준 사람들에게 먼저 말하고 싶었어요. 회견 때는 아무래도 대화하는 느낌이 아니니까. 싫더라고요, 그렇게 일방적인 건."

네가 일방적이잖아.

못 믿겠어.

뭐람, 이 내동댕이쳐진 기분^^

일단 내일 회견을 보라 이거지?

나 울어.

너무 갑작스럽잖아, 어쩌라는 거야.

"미안. 나 너무 제멋대로 말했죠."

최애가 씁쓸하게 웃었다. 나도 알고는 있어요, 했다.

"지금까지 고마웠어요, 나 같은 걸 응원해줘서."

시비 거는 말들이 마구 쏟아졌지만, 나는 최애가 처음으로 '나 같은 거'라고 말했다는 걸 알아차렸다.

가겠다고 말한 후에도 최애는 한동안 방송을 끄지 않고 채팅창을 지켜봤다. 최애가 뭔가를 기다린다. 나도 뭔가 말하려고 했으나 할 말을 찾지 못했다. 그러자 최애는 끝이 없다는 듯이 한숨을 내쉬고 방송을 껐다.

끝난 후에야 비가 그친 걸 알았다. 해가 지는 하늘을 곧장 가로지르며 새가 날아갔다. 돌담 너머로 사라지는 모습을 보며 내 몸이 정지했다고 생각했다.

콩소메 냄새가 나는 국물 위에 뜬 기름 하나하나에 형광등 불빛이 비쳤다. 색이 빠진 면 부스러기가 그릇 가장자리에 달라붙었다. 사흘이 지나면 국물이 통째로 엉기고, 일주일이 지나면 이상한 냄새를 풍기고, 집 안 풍경에 뒤섞이기까지는 한 달이 걸린다. 엄마가 가끔 상황을 보러 올 때마다 거실과 부엌을 정리하라고 시키는데도 금방 더러워진다. 물건들이 쌓여 맨발로 걸으면 언제부터 있었는지 모를 파인애플 국물이 묻은 시커먼 비닐에 발이 걸린다. 등이 가려워져서 샤워하려고, 빨랫줄에서 속옷과 실내복을 걷으려고 마당으로 나갔다가 깨달았다.

소낙비와 빨래, 하나하나는 인식하는데 둘을 연결하지

못한다. 이 집에 와서 벌써 몇 번째인지 모르겠다. 축 처진 빨랫줄에는 젖어서 색이 진해진 빨래가 옹기종기 모여 있다. 다시 빨아야 하나 고민하며 수건을 짰는데 뚝뚝 떨어지는 물소리가 몸속 빈 곳에 울렸다. 풀 위로 떨어지는 물의 무게가 그냥 귀찮아져서 전부 손으로 짠 다음 그대로 두었다. 저러다 마르겠지 싶었다.

무게는 나를 떠나지 않았다. 할머니 집으로 이사 온 지넉 달이 지났다. 취업을 하려고 해도 어떻게 해야 할지 몰라서 인터넷에서 대충 찾아 동네 회사에 면접을 보러 갔으나 고등학교를 중퇴한 이유를 묻는 질문에 제대로 대답하지 못해 떨어졌다. 아르바이트 면접도 갔다. 같은 질문을 받아 떨어진 후로는 그냥 있었다.

콜라를 사야지, 최애처럼 한 번에 라벨 아래까지 마시고 싶어서 휴대폰과 지갑을 뒷주머니에 넣고 얇은 다운코트를 걸치고 현관을 나섰다. 모두가 걷는다. 아이는 갓난아기를 태운 유아차를 추월했다가 따라잡혔다가 하면서 장갑을 낀 손바닥에서 무언가를 흩뿌리는 듯이 걷고, 늙으면 늙을수록 무거운 것을 떨어뜨리지 않고 옮기려는 듯이 지면과 상체가 평행한 상태로 걷는다. 언덕을 내려가자 마침 오른편 카페 간판의 'COFFEE'에 불이 들어왔다. 어둠이 점점 깊어진다.

지갑에는 콜라를 살 동전도 없었다. 국도변 편의점의 넓은 주차장에서 야옹야옹 고양이 울음소리가 어렴풋이 들렸다. 현금인출기 앞으로 다가가 카드를 넣었다. 3,000엔을 출금하려고 했는데, 잘못 입력했는지 비밀번호가 틀렸으니 처음부터 다시 하라는 음성이 나와 이번에는 신중하게 최애가 태어난 해를 눌렀다. 내 이름으로 새로 받은 은행 카드에는 세 번 돈이 입금되었고, 기다리다 지친 엄마가 이젠 못 주니까 자립하라고 말했다.

"언제 취직할 거니?"

"돈을 계속 줄 순 없어."

"조만간 보러 갈게."

이번 달에는 금액이 줄었다. 그래도 끊기지는 않았다. 편의점에서 콜라를 산 뒤, 추워서 어깨를 움츠리고 담배를 피우는 아저씨 옆에서 단숨에 마셨다. 액체에 녹아 있던 강한 탄산이 한 번 지나간 식도를 되돌아왔다. 가슴에서 거품이 올라오는 기분이어서, 추운 날에 차가운 탄산음료를 마시는 게 아니었다고 생각했다. 눈꼬리 점막에 담배 냄새가 스며들어 병에서 입술을 뗐다. 라벨 조금 위까지밖에 못 마셨다.

아이돌이 일반인이 된다. 최애라면 길에서 마주쳐도 말 걸지 말아주세요, 이제 아이돌이 아니니까라고 하겠지. 다음 날 낮, 거의 비슷한 말을 뉴스에서 들었다.

기자회견은 거의 사죄 회견이나 마찬가지였다. 멤버 모두 정장을 입었는데, 각자 안에 입은 와이셔츠의 연한 멤버별 컬러만이 사죄 회견이 아니라고 알려주었다. 플래시가 깜박일 때마다 최애의 홍채가 연갈색으로 변했다. 눈 아래에 다크서클이 생겼다. 다 같이 허리를 숙이자 각도가 제각각이었는데, 가장 깊이 숙인 사람은 아키히토이고 얕게 숙인 사람은 최애였다. 최애와 이미 얼굴이 새빨개진 미후유를 제외한 나머지 사람들은 실로 잡아당긴 듯이 입가를 올리고 있었다.

아키히토가 마이크를 잡고 "오늘 이렇게 모여주셔서 감사합니다"라고 말했다. 질의응답이 시작되었다. 메모장을 펴서 항목을 나누려고 점을 찍었다. 다음 스테이지로 이동한다. 각자의 미래를 위한 결단이다. 멤버 전원이 상의해서 결정했다. 아무리 받아 적어도 속내는 보이지 않았다. 길고 하얀 테이블에 간격을 두고 앉은 다섯 명이 순서대로 말했고, 최애의 차례가 왔다. ……그리고 저 우에노 마사키는 해체와 함께 연예계를 은퇴합니다. 앞으로 어디서라도 절 보시면 아이돌도, 연예인도 아닌 일반인으로 조용히 지켜봐주시기 바랍니다.

그 말이 너무 예상 그대로여서 웃음이 나올 정도였는데, 나를 가장 동요하게 한 것은 왼손 약지에 낀 은반지였다. 왼손을 오른손 위로 겹친 걸 보아 감출 생각이 없거나 오히려 무언의 보고일지도 몰랐다. 최애의 '저'라는 일인칭이 귀에 위화감을 남긴 채 회견은 끝났다.

해체를 놓고, 마지막 콘서트를 놓고, 최애의 결혼 의혹을 놓고, 이전의 논란 수준을 훨씬 웃돌 만큼 활발하게 말이 쏟아졌고 한때는 '최애의 결혼'이 트렌드에 올라올 정도로 난리가 났다.

112

아니, 잠깐 잠깐, 못 쫓아가겠어.

미후유는 인정할 수 없나 봐, 안타깝다.

최애의 행복은 웃으며 축복해주려고 했는데 눈물이 안 멈춰.

어? 저 반지, 패션이 아니지?

최애 결혼식에 아무렇지 않은 얼굴로 참석해서 축의금 100만 엔을 내고 상쾌하게 떠나고 싶다.

갑자기 해체하는 거 저 인간 때문?

탈퇴하면 되잖아?

팬을 너무 우습게 보는 거 아니야?????? 너 때문에 얼마를 썼다고 생각하냐??? 앙??????? 최소한 숨기라고!!!!!!!!

모 타는 쓰레기의 각종 악행 → '팬을 때려서 논란' '공식 발표 전 은퇴 발표' '해체 회견에서 결혼 뉘앙스 풍기기' '상대는 맞은 팬이라는 루머 부상', 팬을 갖고 논 거네.

밥이 목을 안 넘어가. 계속 빙글빙글빙글빙글이야. 왜 아키히토까지 끌어들여? 결혼이든 뭐든 멋대로 하고 그만두라고.

엥, 축하할 일이네. 그냥 밝은 뉴스야.

예전 덕친한테 해체해도 세나는 연예계에 남으니까 그래도 괜찮겠다는 소릴 들었어요~^^ 나는 네 최애 덕분에 내 최애의

아이돌 모습을 못 보게 됐는데 말이죠^^

나 지금 죽으면 마사키의 자식으로 환생할 수 있을까? 다음 생에 만나자.

상대 여자, 전에 때린 여자라는 거 진짜?


계속 움직이는 엄지 끝에서부터 휴대폰 속으로 빨려 들어가 말의 파도에 휩쓸릴 것만 같다. 하굣길에 최애가 출연한 영화 시사회를 보러 가다가 길을 잃어 시부야를 방황했던 때가 떠올랐다. 끝없이 똑같은 무늬가 이어지는 지저분한 타일과 점자 블록 위를 운동화, 가죽 구두, 하이힐 같은 다양한 신발이 제각각 소리를 내며 끊임없이 부딪쳤다. 건물을 뚫고 내려 뻗은 기둥과 계단 난간에는 사람의 땀과 손때가 잔뜩 묻었고, 똑같은 크기의 직육면체로 연결된 열차 안에는 사람들의 호흡이 가득했다. 복사해서 붙여넣기 한 것처럼 차곡차곡 층이 쌓인 빌딩으로 이어지는 에스컬레이터에는 사람들이 몰려들고 빨려 들어갔다. 기계적인 반복 속에서 인간이 움직인다. 모든 글도 네모난 테두리에 둘러싸이고, 원 안에 똑같은 아이콘이 잘려 들어가고, 완전히 똑같은 폰트로 축하하거나 화를 냈다. 내 글도 나 자신도 그 안의 일부였다.

오도카니 서 있던 나는 갑자기 어깨를 부딪친 것처럼 어떤 글에 시선이 쏠렸다. 수많은 사람들 사이에서 부딪친 사람의 뒷모습이 갑자기 또렷하게 보이듯이 으악, 주소 특정됐네라는 글에 시선이 쏠렸다. 게시판으로 가는 링크를 빨려들어듯이 클릭했다.

발단은 몇 달 전에 배달하러 갔다가 우에노 마사키가 있어서 놀랐다는 일반인의 글이었다. 바로 삭제했으나 캡처본이 돌았고, 그 글을 쓴 배달원의 다른 글에서 그 사람이 사는 지역이 밝혀졌다. 이어서 어제 인스타그램 라이브에서 순간적으로 찍힌 창밖 풍경으로 최애가 사는 아파트가 특정되었다. 일반인으로 지켜봐달라고 말하자마자 운이 너무 없다. 만나겠다고 쳐들어가는 팬이 틀림없이 나올 테지. 만약 결혼할 상대와 같이 살고 있다면 최애뿐 아니라 그 사람까지 어떤 위해를 입을 가능성도 있다.

어제부터 오늘까지 주어진 정보 어느 것도 실감이 나지 않았다. 지금도 눈으로만 좇을 뿐이었다. 최애가 사라진다는 충격을 받아들이지 못하고 있다.

어쨌든 나는 몸을 깎아 쏟아붓는 수밖에 없다. 최애는 내가 살기 위한 수단이었다. 생업이었다. 마지막 콘서트에는 지금 내가 가진 전부를 바치겠다고 결심했다.

*

바람이 거칠게 불었다. 아침부터 급격히 나빠진 날씨에 콘크리트 벽이 막아주는 건물 내부까지 음침하게 습기가 찼다. 번개가 치고 하늘을 무너뜨릴 듯한 천둥소리가 울리고, 금이 간 벽과 시멘트의 거품 흔적이 새하얗게 드러났다. 긴 뱀 같은 행렬이 줄지어 선 곳은 화장실이었다. 벽면이 거울로 된 새하얀 방에 들어서자 색이 복작거렸다. 초록 리본, 노란 원피스, 빨간 미니스커트, 울어서 빨개진 눈가에 파운데이션을 두드리고 있는 파란 섀도를 바른 여성과 거울 너머로 눈이 마주친 것 같았고, 그 시선의 실을 잡아끈 채 안내원이 "다음 분"이라고 불러 화장실 칸으로 들어갔다. 어깨 위에 흐트러진 머리카락 끝까

116

지 흥분이 남았다. 흥분은 귀 뒤를 스르륵 덥히고 빠르게 흘러, 심장을 바쁘게 움직였다.

1부가 시작되고 호응을 유도하는 최애의 목소리가 들린 순간부터 나는 오로지 최애의 이름을 외치고 쫓는 존재가 됐다. 매초 최애와 똑같이 주먹을 흔들며 소리치고 펄쩍펄쩍 뛰자 최애가 내는 물에 빠진 듯한 숨소리가 내 목에서 울려 괴로웠다. 땀을 뻘뻘 흘리는 최애를 모니터로 보기만 해도 옆구리에서 땀이 흘렀다. 최애를 둘러싼 모든 것이 나를 불러 일깨운다. 포기하고 놓아버린 무언가, 평소에는 생활을 위해 내버려둔 무언가, 눌려 찌부러진 무언가를 최애가 끄집어낸다. 그래서 최애를 해석하고 최애를 알려고 했다. 그 존재를 생생하게 느낌으로써 나는 나 자신의 존재를 느끼려고 했다. 최애의 약동하는 영혼이 사랑스러웠다. 필사적으로 쫓으려고 춤추는 내 영혼이 사랑스러웠다. 외쳐, 외쳐, 최애가 온몸으로 말을 건다. 나는 외친다. 소용돌이치던 무언가가 갑자기 풀려나 주변 모든 것을 쓰러뜨리는 것처럼, 성가신 내 목숨의 무게를 통째로 짓뭉개려는 것처럼 외친다.

1부 마지막은 최애의 솔로곡이었다. 파랗게 일렁이는 바닷속 같은 빛 속에서 최애가 무대 위로 떠올라 왼손으로 기타 줄을 누르자, 반지의 은색이 새하얗고도 신성하게 반짝였다. 여기에서도 빼지 않다니 최애다웠다. 최애가 속삭이듯 노래를 시작한 순간, 그때 그 남자아이가 자라 어른이 됐다고 생각했다. 한참 전부터 어른이었지만 마침내 이해되었다. 어른이 되고 싶지 않다고 비명을 질렀던 그가 무언가를 소중히 여기듯이 부드럽게 손가락을 움직였고, 서서히 격렬해졌다. 주변부를 덧붙이며 들어오는 드럼도 베이스도 품으며 최애가 노래했다. 시종일관 억누르는 느낌이었던 CD 음원과 창법이 전혀 달랐다. 이 공연장을 채운 열기, 물결치는 새파란 빛, 우리의 호흡을 들이마신 최애가 이 순간을 새롭게 해석해 붉은 입술로 연주하는 노래였다. 나는 이 노래를 처음 듣는 것 같았다. 파란 야광봉의 바다, 수천 명을 수용한 돔이 비좁게 느껴졌다. 최애가 우리를 따뜻한 빛으로 감쌌다.

변기에 앉았다. 등을 타고 냉기가 올라왔다. 땀을 흘리면 흘릴수록, 욕조에 뜨겁게 담갔던 몸이 빠르게 식는 것처럼 붕 떠올랐던 기분 뒤에는 그 이상의 추위가 닥친다. 화장실의 좁은 칸에서 겨우 오 분 전에 일어난 일을 떠올릴 때마다 지금까지 느끼지 못한 강렬한 추위가 속에서부터 온몸으로 넓게 퍼진다.

끝나는구나, 생각했다. 이렇게 귀엽고 대단하고 사랑스러운데 끝난다. 사방을 막은 화장실 벽이 분주한 바깥 세계로부터 나를 분리했다. 조금 전까지 흥분으로 경련하며 꿈틀거리던 내장이 하나씩 얼어붙었고, 척추까지 그 생각이 침투하자 그러지 말아달라고 바랐다. 그러지 마, 몇 번이나 몇 번이나 생각했다. 무엇을 향해서인지 모르겠다. 그러지 말아줘, 내게서 척추를 빼앗아가지 마. 최애가 사라지면 나는 정말로 살아갈 수 없다. 나는 나를 나라고 인정하지 못한다. 식은땀처럼 눈물이 흘렀다. 동시에 한심한 소리를 내며 소변이 떨어졌다. 쓸쓸했다. 견딜 수 없이 쓸쓸해 무릎이 떨렸다.

화장실 출구 앞에 아까 그 파란 아이새도 여성이 있었다. 휴대폰을 보고 있다. 그녀의 시선이 화면 위로 미끄러지는 것을 의식하며 나는 가방을 옆구리에 끼고 그곳을 떠나 공연장의 내 자리로 돌아왔다. 가방 안에는 전원을 켜고 녹음 앱을 실행한 휴대폰이 들어 있었다. 한시라도 빨리 열기로 꽉 찬 공연 속으로 돌아오고 싶었다. 최애의 노래를 영원히 내 안에서 울리게 하고 싶었다. 마지막 순간을 지켜보고 난 뒤 곁에 아무것도 남지 않으면 앞으로 어떻게 살아야 할지 모르겠다. 최애를 파지 않는 나는 내가 아니다. 최애 없는 인생은 여생일 뿐이다.

*

여러분도 알고 계시듯이 지난 투어의 파이널 도쿄 공연을 끝으로 최애 우에노 마사키가 연예계를 은퇴했습니다. 발표가 갑작스러워서 솔직히 저도 아직 제대로 정리하지 못했지만, 지금까지 이렇게 블로그에 글을 쓰다 보면 저 스스로 이해한 적도 많았으니까, 또 무엇보다 최애의 모습이 눈앞에 생생할 때 적어두고 싶어 글을 써요.

그날은 가장 좋아하는 파란 꽃무늬 원피스를 입고 파

란 리본을 달아 완전히 마사키 최애 착장으로 참전했어요. 아직 쌀쌀하니까 새파란 코트를 입었는데, 최애의 멤버 컬러가 파란색이라 아무래도 추워 보여 곤란했죠. 팬들이 모이는 콘서트 현장답게 공연장으로 가는 전철은 대놓고 같은 팬임을 알아볼 수 있는 컬러풀한 차림의 여자들이 많아서 재미있었어요. 첫차로 갔는데도 벌써 굿즈 줄이 길었어요. 한정 야광봉과 콘서트 기념 타월, 오사카 공연 브로마이드를 종류별로 모두 사고, 지금까지 사지 않았던 파카와 티셔츠, 파란 손목 밴드와 모자도 샀어요. 해체 발표와 함께 발매한 베스트 앨범도 이미 샀지만 콘서트 한정 특전이 있다는 얘기에 망설이지 않고 샀습니다. 몇 시간 후에 공연장에 들어갔죠. 누가 보는 것도 아닌데 몇 번이나 화장실에 가서 화장을 고쳤어요. 아키히토의 빨강, 마사키의 파랑, 미후유의 노랑, 세나의 초록, 미나 언니의 보라, 다섯 가지 색으로 무대 위 막을 드리웠는데 그건 촬영해도 된다고 했으니까 사진을 올릴게요. 아래쪽에 친필 사인이 있다는데 보이려나요?

가장 중요한 최애는요, 말할 것도 없이 최고였어요. 왼쪽에서 두 번째 자리로 내려와 선 최애가 파란 비늘처럼 반짝이는 옷을 입고 숨을 쉬었어요. 천사인 줄 알았어요. 망원경으로 따라가기 시작하니까 세상 가득히, 최애 말고는 아무것도 안 보였죠. 뺨은 땀으로 흠뻑 젖고 그 날카로운 눈빛으로 앞을 노려보는데, 머리카락이 흩날릴 때마다 관자놀이가 숨바꼭질하는 걸 보고 살아 있구나 싶었어요. 최애가 살아 있구나. 오른쪽 입술만 올라가서 짓궂어 보이는 미소나 무대에 서면 깜박임이 거의 없는 눈이나 중력을 완전히 무시한 가벼운 스텝을 따라가다 보면 뼛속부터 뜨거워졌어요. 마지막이라고 생각했어요.

새벽 3시 17분이었다. 바닷물 찰랑이는 동굴에 똑똑 울리는 소리 같은 불쾌함이 몸속을 맴돌았는데, 곧 공복의 절정을 넘긴 뒤와 비슷하게 토할 것 같은 느낌이 드는 통증이 위를 마구 찔렀다. 이사하면서 가지고 온 최애의 얼굴 사진이 새하얗게 보였는데, 신기하게도 그 윤곽이 낯설어 보였다. 지금 이 순간 최애는 없다는 감각을 처음 느끼자 모든 사진이 어떤 의미에서는 영정 사진처럼 보였다.

오래전 규슈의 친척 집에 갔을 때 불단 영정 앞에 공양했던 굴을 먹고 배탈이 난 적이 있다. 새로 깔아서 아직 풋풋한 냄새가 나는 다다미 위에서 친척 아줌마가 까준 굴을 깨물었는데, 하얀 속껍질을 이로 끊지 못한 채로 과즙이 목을 넘어가 기분이 나빴다. 불단 앞에 계속 올려놨던 탓인지 신맛이 사라져 달기만 하고 탱탱하지도 않아서, 이왕이면 처음부터 공양하지 말고 먹었으면 더 맛있었을 텐데 싶었다.

"공양해봤자 아무 의미 없는데."

그렇게 말했다. 아줌마가 뭐라고 대답했는지는 기억 못 하지만 최애의 생일에 케이크를 사기 시작하면서부터 납득이 됐다. 불단에 바친 음식을 먹는 것처럼 휘핑크림 가운데에 최애의 초상화를 그려 장식한 초콜릿 플레이트를 깨문다. 바치는 것과 사는 것에 의미가 있었고, 먹을 때는 누군가에게 음식을 얻어먹는 기분이었다.

몰래 녹음한 건 결국 환성뿐이었다. 우당탕거리는 발소리와 울먹이며 외치는 소리에 전부 뒤덮여서 노랫소리는 깨졌고 음악은 희미하다. 차라리 들켜도 좋았겠다. 마침

표를 찍지 못하고 있다. 그때 이후로 줄곧 성불 못 한 유령처럼 흔들거린다.

어둠은 미적지근하고 썩은 내가 났다. 물을 마시려고 일어났다. 냉장고가 내는 이명 같은 금속음이 몇 배나 크게 들려서 고요함은 더욱 농밀하게 다가왔다. 휴대폰을 봤다. 얼굴을 아래에서 비추는 화면의 새하얀 빛이 강렬했으나, 그래도 마당이나 복도를 침식하는 어둠이 이긴다. 어둠과 빛의 경계선을 최대한 밖으로 넓히고 싶어서 텔레비전을 켰다. 줄곧 넣어둔 DVD를 재생했다. 최애의 솔로곡이 있는 52분 17초까지 뛰어넘어, 최애가 마이크를 들지 않은 팔을 펼치고 고개를 숙이고 있는 화면에서 멈췄다. 하얀 안개 사이로 무대를 딛고 선 다리 근육은 최애의 중심을 향해 탄탄하게 달라붙었다. 전혀 위축하지 않았다고 생각하며 블로그용으로 메모했다. 흐르는 듯하면서 달라붙었다. 땀이 흘러 목을 장식한 파란 깃털이 벗겨지고, 그 테두리에 뿌린 은빛 가루가 색을 반사한 덕분에 가슴이 살짝 오르내리는 것이 보인다. 정말로 정지하기 위해서는 호흡과 긴장을 중심을 향해 계속 흘려보내야 한다.

다 보고 나니 아침이었다. 새벽은 빛을 보고 확인하는 것이 아니라 밤에 잠겼던 몸이 기묘하게 떠오르는 감각으로 인식한다. 물에 빠져 가라앉은 사람이 죽고 나면 자연히 떠오르는 이유는 뭘까. 펼쳐놓은 노트북을 켜서 '마지막이라고 생각했어요'를 지웠다. '마지막이라고 믿고 싶지 않아서'라고 썼다가 또 한 글자씩 지웠다.

문장이 떠오르지 않을 때는 산책이 최고다. 작은 가방 하나만 들고 밖으로 나오자 화창한 하늘이 너무 푸르러서 눈을 제대로 뜰 수 없었다. 평소처럼 이어폰으로 최애의 발라드를 듣다 보니 역에 도착했다. 이 상태로라면 어디든 갈 수 있을 것 같다. 지나가는 전철이 압도적인 음량을 쏟아냈고, 파란 운동화 발끝이 점자 블록에 걸려 넘어질 뻔했다. 사람이 거의 없는 전철을 타고서 최애의 영상을 보고 노래를 듣고 온라인 인터뷰를 봤다. 거기 있는 것은 전부 과거의 최애였다.

몇 번인가 갈아타 그 역에 도착했다. 버스가 있다. 운전이 거칠어서인지 몸 상태 때문에 그런 건지, 버스 진동이 텅 빈 위장을 뒤흔들어댄 탓에 파란 좌석을 보기만 해도 기분이 나빠져서 몸을 창에 기댔다. 상점가를 빠져나와 비즈니스호텔 사이를 지났다. 창밖의 빨간 우체통, 뒤엉키듯이 빽빽이 세워둔 자전거, 햇볕에 찌들어 지쳐 보이는 진녹색 가로수를 따라 시선을 움직였다. 안구가 바쁘게 움직이는 것 같아서 눈꺼풀을 덮었다. 떨리는 유리창에 뺨을 몇 번이나 갖다 박는 충격이 느껴졌고, 몇 번째인가에 뜬 눈꺼풀 사이로 더욱 선명해진 푸른 하늘이 보였다. 눈동자 깊은 곳에서부터 저 파란색을 바라보는 것 같다.

내리세요, 손니임, 내리십시오오, 종점입니다아, 운전사의 단조로운 목소리가 들려서 가방에서 교통카드를 찾았다. 지갑을 꺼내려다가 간당간당 달린 핀 배지 바늘에 손등을 살짝 긁혔다. 운전사는 눈앞에 있는 내가 아니라 승객 하나 없는 버스 전체에 알린다는 태도로 서둘러주세요오, 하고 말했다. 버스에서 떠밀리듯 내려서는 떨려서 주저앉을 뻔한 다리로 버티고 섰다. 오봉* 때 가지나

---

\* 양력 8월 15일에 기념하는 일본의 전통 명절. 추석처럼 조상을 기리고 건강과 행복을 기원한다. 가지와 오이를 장식해 조상 영혼의 탈것으로 삼는 풍습이 있다.

오이를 세우려고 받치는 이쑤시개가 생각났다.

버스가 떠나자 갑자기 주택가에 남겨진 기분이었다. 원래 파랬을 빛바랜 벤치에 일단 앉았다. 왼손으로 화면을 덮어 햇빛의 반사를 막으며 지도 앱을 확대해 위치를 확인하고 일어났다. 맨홀에 다가가자 물 흐르는 소리가 들렸다. 한참 걸으니 또 맨홀이 있고 그 아래에서 또 물 흐르는 소리가 들렸다. 도로 아래에 물이 흐른다. 창문을 드르륵 여는 소리가 들리고, 그 집의 창가에서 말라가는 관엽식물이 보였다. 하얀 자동차 아래에서 고양이가 고개를 낮추고 이쪽을 보고 있다. 계속 걸으니 길이 좁아지고 지도 앱에 표시되지 않은 길도 나왔다. 막다른 골목도 있다. 지도에 없지만 여길 통과하면 도착할 수 있겠다 싶어 여러 번 망설이다가 차고에서 삐져나온 자동차 옆을 지나 공터의 풀을 밟고 아파트 아래 자전거 거치대를 통과했더니, 갑자기 시야가 트였다.

강이 흐른다. 강을 따라 녹슨 가드레일이 저 앞까지 이어졌다. 한동안 걷다가 부르르 휴대폰이 울려 목적지에 도착한 것을 알았다. 가드레일이 끊긴 맞은편 강가에 맨션이 있다.

그냥 평범한 맨션이었다. 이름은 확인할 수 없는데 분명 인터넷에서 본 건물이다. 딱히 뭔가를 할 생각은 없었던 나는 그저 잠깐 멈춰 서서 그곳을 바라봤다. 만나고 싶은 건 아니었다.

갑자기 오른쪽 윗집의 커튼이 젖혀지더니 끽끽 소리를 내며 베란다 창문이 열렸다. 쇼트커트 여자가 빨래를 품에 안고 비틀거리며 나와 난간에 걸쳐놓고 숨을 내쉬었다.

눈이 마주칠 뻔해 시선을 피했다. 우연히 지나가는 척 걷기 시작해 서서히 걸음을 빨리했고 마지막에는 뛰었다. 어느 집이든, 그 여자가 누구든 상관없다. 설령 그 맨션에 최애가 살지 않더라도 상관없었다.

나를 명확하게 아프게 한 것은 그 여자가 안고 있던 빨래였다. 내 방에 있는 엄청난 양의 파일과 사진, CD, 필사적으로 긁어모은 수많은 것들보다 셔츠 단 한 장이, 겨우 양말 한 켤레가 한 사람의 현재를 느끼게 한다. 은퇴한 최애의 현재를 앞으로도 가까이에서 지켜보는 사람이 있다는 게 현실이었다.

이젠 쫓아다닐 수 없다. 아이돌이 아니게 된 그를 언제까지나 바라보고 해석할 수는 없다. 최애는 인간이 됐다.

최애는 왜 사람을 때렸을까, 이 질문을 줄곧 회피했다. 회피하면서 계속 그 질문에 끌려다녔다. 그러나 질문에 대한 답이 저 맨션 밖으로 보일 리 없다. 해석할 방법이 없다. 그때 그 노려보는 듯한 눈빛은 리포터를 향한 것이 아니었다. 그 눈빛은 최애와 그 여자 이외의 모든 인간을 향했다.

달리고 또 달리자 눈앞에 묘지가 있었다. 햇볕을 받으며 묘비가 평온하게 서 있다. 도중에 발견한 작은 사무실의 수도 옆에 빗자루와 나무 수통과 바가지가 놓여 있다. 줄기가 꺾인 국화가 흩어져 있다. 꽃에서는 생생한 상처 냄새가 난다. 할머니 병실에서 맡은 욕창 냄새와 비슷하다. 할머니를 화장했던 때가 생각났다. 사람이 불탄다. 살이 불타 뼈가 된다. 할머니가 엄마를 일본에 붙들었을 때, 엄마는 할머니에게 몇 번이나 당신 자업자득이라고 말했다. 엄마는 할머니에게 내 자식이 아니라는 소리를 수없이 들으며 컸다고 한다. 이제 와서 딸을 붙들어두다니, 하며 울었다. 자업자득. 자기가 한 행위가 자기에게 돌아오는 것. 살을 깎아 뼈가 되는 것, 최애를 파는 일은 내 생업이 분명했다. 일평생을 바쳐 그를 응원하고 싶었다. 그러나 나는, 죽은 후의 나는 내 뼈를 스스로 주울 수 없다.

자꾸만 길을 잃고 버스를 잘못 타고 교통카드를 떨어뜨릴 뻔했다. 집 근처 역에 도착했을 때는 2시였다. 집에 돌아왔다. 돌아와도 현실이, 벗어 던진 옷과 머리 끈과 충전기와 비닐봉지와 빈 티슈 케이스와 뒤집힌 가방이 있을 뿐이었다. 왜 나는 평범하게 생활하지 못할까. 인간으로서 최저한의 생활이 왜 마음대로 안 될까. 처음부터 망가뜨리려고, 어지럽히려고 한 게 아니다. 살아 있었더니 노폐물처럼 고였다. 살아 있었더니 내 집이 무너졌다.

최애는 왜 사람을 때렸을까. 소중한 것을 자기 손으로 무너뜨리려고 했을까. 진상은 모른다. 앞으로 영영 알 수 없다. 그래도 좀 더 깊은 곳에서 그 사실과 내가 연결됐다는 생각도 든다. 그가 그 눈동자에 억눌렀던 힘을 분출해 공적인 장소임을 잊고 처음으로 무언가를 파괴하려고 한 순간이 일 년 반이라는 시간을 뛰어넘어 내 몸에 가득 차올랐다. 항상 최애의 그림자가 겹쳐져 있는 나는 이 인분의 체온과 호흡과 충동을 느껴왔다. 개에게 그림자를 물려 울던 열두 살 소년이 생각났다. 줄곧, 태어나서 지금까지 내 살이 무겁고 성가셨다. 이제는 살이 전율하는 대로 내가 나를 부수려고 했다. 엉망진창이 됐다고 생각하기 싫으니까 내가 엉망진창을 만들고 싶었다. 테이블로 시선을 돌린다. 면봉 케이스에 눈이 멎는다. 덥석 붙잡아 번쩍 든다. 배에 들어간 힘이 척추를 타고 오르고, 숨을 들이마신다. 시야가 한껏 넓어지고 전부 살색으로, 육체의 색으로 물든다. 내려친다. 있는 힘껏, 지금까지 나를 향했던 분노를, 슬픔을 내동댕이치듯이 내려친다.

플라스틱 케이스가 소리를 내며 뒹굴고 면봉이 흐트러졌다.


까마귀가 울었다. 잠시 방 전체를 둘러봤다. 툇마루에서, 창문에서 들어오는 빛이 방 전체를 밝게 드러냈다. 중심이 아닌 전체가, 내가 살아온 결과였다. 뼈도 살도 전부 나였다. 그걸 내동댕이치기 직전을 떠올렸다. 꺼내놓은 컵, 국물이 든 사발, 리모컨. 시선을 쭉 움직인 끝에 결국, 뒷정리가 편한 면봉 케이스를 골랐다. 거품처럼 웃음이 차올랐다가 펑 터졌다.

면봉을 주웠다. 무릎을 꿇고 고개를 숙이고, 뼈를 줍는 것처럼 정성스럽게 내가 바닥에 어지른 면봉을 주웠다. 면봉을 다 주워도 하얗게 곰팡이가 핀 주먹밥을 주워야 하고 다 마신 콜라 페트병을 주워야 했지만, 앞으로의 길고 긴 여정이 보였다.

기어 다니면서, 이게 내가 사는 자세라고 생각했다.

이족보행은 맞지 않았던 것 같으니까 당분간은 이렇게 살아야겠다. 몸이 무겁다. 면봉을 주웠다.

옮
긴
이
의

말

## 최애를 사랑하는 사람들에게 보내는
## 처절한 응원

　신인 작가에게 주는 가장 권위 있는 문학상의 하나인 아쿠타가와상 제164회 수상작이자 2021년 서점대상 9위에 올랐으며, 2021년 5월 기준 누적 판매 부수 50만 부를 돌파하며 상반기 일본 서점에서 가장 많이 팔린 책.『최애, 타오르다』를 수식하는 화려한 말들이다.

　문학평론가 오자키 마리코는『요미우리신문』서평에서 이 책을 두고 "가장 새로우면서도 고전적인 청춘 이야기"라고 평했고, 아쿠타가와상이 발표된 이후『아사히신문』은 "작가로서 신기원을 여는 시기와 수상 시기가 반드시 겹치는 법은 없지만, 역시 지금(의 수상)이 옳았다"라고 논평하며 수상을 축하했다. 일본의 유명 잡지『다빈치』편집부가 매달 한 권씩 추천하는 '이달의 플래티넘 북'으로 꼽히기도 했다.

원제는 '推し、燃ゆ(오시, 모유)'로, '오시'란 '밀다, 추천하다'라는 뜻의 동사 '오스(推す)'의 명사형이다. 처음에는 자기가 좋아하고 응원하는 아이돌 멤버라는 의미로 쓰였는데, 지금은 아이돌만 가리키지 않고 널리 쓰인다. 우리말로는 '최애(最愛)' 정도에 해당한다. '모유'는 '타오르다'라는 뜻이다. 이 두 단어가 합쳐져 '최애가 타올랐다'라는 문장이 완성된다. 느닷없이 타오르고 시작하는 제목이라니, 참 충격적이다. 제목에 '최애'가 들어갔으니 아이돌과 팬의 이야기가 펼쳐진다고 대놓고 암시한다. 국적과 나이, 성별을 불문하고 아이돌을 비롯해 좋아하는 대상을 열렬히 응원하고 소비하는 덕질이 자연스러워진 요즘 세상에 사람들의 호기심을 강렬히 자극하는 제목이다.

줄거리를 간단히 정리하면, 삶의 의미를 최애를 좇는 데에서 찾으려 했던 주인공 아카리가 최애의 폭력 논란과 연예계 은퇴로 충격을 받는 이야기이다. 아카리는 남들은 쉽게 해내는 일이 어렵다. 주변과 속도를 맞추지 못해 일상이 버겁고, 몸이 무겁다. 나아지고 싶다는 의욕도 없고 희망도 없다. 그런 아카리니까 가까운 사람들이 아카리의 속도를 맞춰주면 좋을 텐데, 엄마는 자꾸만 닦달하고 아빠는 무신경하고 언니는 종잡을 수 없어 심리적인 거리감을 느낀다. 그렇게 제자리걸음만 반복하는 아카리의 마음을 열고 들어온 사람은 아이돌 그룹 '마자마좌'의 멤버 마사키다. 마사키는 아카리를 숨 쉬게 해준다. 마사키를 응원하는 것은 아카리가 살아가기 위한 발버둥이다. 이를 소설에서는 '척추'라는 단어로 표현한다. 아카리는 말 그대로 모든 것을 걸고 최애를 사랑한다. 최애 자체보다도 최애를 사랑하는 것이 아카리의 척추, 아카리의 중심이자 본질이기에. 이런 아카리의 심리를 최애를 좋아하는 감정을 모르는 사람은 이해하기 어려울 수도 있다. 철없는 '빠순이'라고 여기고 쉽게 손가락질할지도 모른다.

저자 우사미 린은 아사히신문사와 진행한 인터뷰에서 이글을 쓴 계기를 이렇게 밝혔다.

"나와 비슷한 세대에게는 최애라는 말이 익숙한데, 일반적으로는 실태가 잘 알려지지 않았다고 생각했다."

이어서 연예인을 응원한다고 하면 연애 감정으로 좋아하는 거 아니냐, 대가도 없는데 왜 쫓아다니느냐는 말을 듣는데, 최애가 취미를 넘어 생활의 일부인 사람도 많다고 설명한다.

덕질을 대하는 인식이 많이 바뀌었다지만 '관계 맺기를

바라지 않고 퍼붓는 애정'의 존재를 이해하거나 인정하지 않으려는 시선은 여전히 존재한다. 그래도 대상이 누구든, 무엇이든 '최애'가 있는 사람이라면, 아카리를 전부 이해하진 못해도 상당 부분 공감할 것이다. 나 역시 오랫동안 응원하는 최애가 있는 아이돌 '덕후'여서 아카리의 말과 행동이 하나하나 가슴에 박혔다. 어떤 면에서는 나를 보는 것 같아서 상처를 받기도 했고, 고삐 풀린 듯이 독주하는 마사키가 원망스럽기도 했다.

한편, 마사키의 관점에서 팬이란 고마운 존재인 동시에 연예인으로서 포장된 모습만 좋아하고 마음에 안 차면 손바닥 뒤집듯이 태도를 바꾸는 집단이다. 일거수일투족 감시당하고 구설에 오르니 지긋지긋할 수도 있다. 아카리도 겉으로 보이는 모습을 분석해 자기 잣대대로 재단한다. 이해받지 못하는 괴로움을 아는 아카리도 누군가를 온전히 이해하지 못한다는 것은 아이러니다.

이런 복합적인 심리를 담아낸 덕분일까, 전문 서평가들뿐 아니라 일본 독자들의 반응도 뜨겁다. 2021년 6월 말까지 일본 아마존에 등록된 독자 리뷰가 1,900건 이상이고, 독서 상황을 기록하는 사이트 '독서미터'에도 리뷰가 800건 이상 등록됐다. 리뷰가 많은 만큼 제각각 의견도 다양하다. 누군 가는 현실을 깊이 고찰해낸 수작이라고 말하고, 누군가는 SNS에 올린 글을 모아놓은 것에 불과하다고 비판한다. 읽는 사람에 따라 받아들이는 방식이 달라지는 생생하게 살아 있는 책인 셈이다. 최애가 삶의 일부인 사람이 있고 그런 것을 아예 이해 못 하는 사람이 있듯이, 세상에는 다양한 시선이 존재하고 각자의 상식에 맞춰 세상을 인식한다.

이 작품을 번역하는 동안 했던 생각을 이 작품을 둘러싼 이모저모를 보면서도 또 한 번 느낄 수 있었다.

　1999년생으로 현재 대학생인 우사미 린은 정신적으로 불안정한 엄마를 둔 주인공의 이야기를 다룬 『엄마』(출간 예정작)로 2019년 가와데쇼보신사 출판사에서 주최하는 문예상을 수상하면서 데뷔했다. 이듬해인 2020년에 『최애, 타오르다』를 발표했고 이 작품으로 아쿠타가와상을 수상했으니 재능 한번 대단하다. 지금 그는 세 번째 작품을 집필 중이다. 앞으로 풀어내고 싶은 이야기도 많아서 적절한 때가 되면 쓰고 싶다고 한다. 재능이 있고 의욕도 있다니 부러울 따름이다.

　아쿠타가와상 수상 후 기자회견에서 그는 소설을 쓰는

것이 자신의 '척추'라고 말했다. 최애를 사랑하기에 살아갈
수 있었던 아카리처럼 그도 소설이 있기에 살아간다는 감
각을 예전부터 느꼈다고 한다.

소설이 척추라고 당당히 말하는 이 젊은 작가가 앞으로
어떤 이야기를 보여줄까. 벌써 기대가 된다.


2021년 7월

이소담

# 최애, 타오르다

초판 1쇄 발행 2021년 8월 5일

지은이
우사미 린

옮긴이
이소담

펴낸이
강일우

본부장
윤동희

책임편집
이지은

디자인
장미혜

한국어판 © ㈜미디어창비 2021

ISBN
979-11-91248-30-2　03830

펴낸곳
㈜미디어창비

등록
2009년 5월 14일

주소
04004 서울 마포구 월드컵로12길 7

전화
02-6949-0966

팩시밀리
0505-995-4000

홈페이지
books.mediachangbi.com

전자우편
mcb@changbi.com